絶　声

下村敦史

集英社文庫

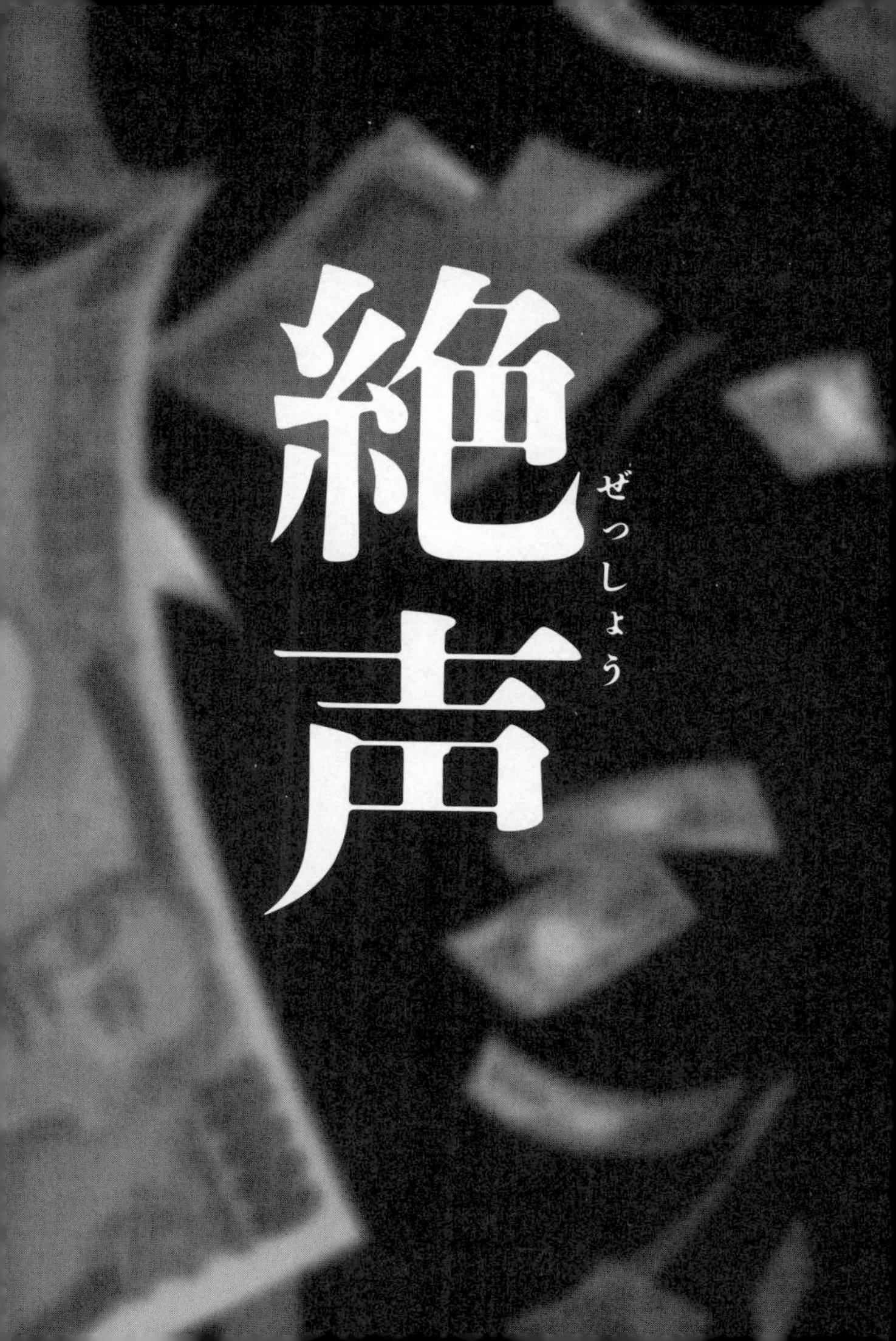

絶声

ぜっしょう

プロローグ

親父が死んでくれるまであと一時間半——。

大崎正好《おおさきまさよし》は装飾的なアンティークチェアに座り、マントルピースの中の炎を見つめていた。両手の指は膝の上で組み合わせている。

頻繁に視線を上げ、掛け時計の短針を——いや、長針を確認した。遅々として進まない一分一分がじれったい。

気がつくと、両手が震えていた。膝が貧乏揺すりをしているせいだ。組んだ手を解き、膝頭を鷲摑《わしづか》みにする。だが、震えを押さえ込むことはできない。

——状況は何も変わらないのに生が死に変わる。

不思議な感覚だった。

正好は深く息を吸い、静かに長く吐き出した。存在するのは、リビングに忍び込んでくる雨音を除けば、駆け足になっている自分の心音と、薪《まき》が爆《は》ぜる音だけだった。無音の掛け時計のせいでよりいっそう時間の進みの遅さを実感する。むしろチクタクと音がすればいいのに、とさえ思う。

正好はチェアから腰を上げると、窓際に近づいた。天井のそばから絨毯《じゅうたん》まで流れ落ちるカーテンを引き開ける。夜の闇を映し出す窓ガラスに、雨粒がまだら模様を作っていた。

——親父が死ぬ夜に相応《ふさわ》しい陰鬱さだ。

正好は自嘲の笑みをこぼした。

——いや、親父の死を望む親不孝者にこそ相応しいのか。

正好は窓に背を向け、リビングを見回した。ヨーロッパ調の装飾《モールディング》が施された室内に合わせて家具類も洋風にしつらえてあり、ダークブラウンの猫脚のソファ、キャビネット、コーヒーテーブル——と、父のこだわりが伝わってくる。

掛け時計をちらっと見やる。

午後十時四十五分。

一時間十五分後に父が死んだとき、この館の相続はどうなるのだろう。総額十五億近い遺産は、どう分配されるのか。きょうだい三人で均等に分ければ、相続税を引いてもおよそ三億ずつ――。

だが、兄と姉がすんなり認めてくれるだろうか。大金が欲しいのは誰もが一緒なのだ。遺産相続で揉《も》めたくはないが……。

正好は意味もなく部屋の中を歩き回った。居ても立ってもいられない以上、動いているほうがまだ気持ちが落ち着く。

遺産相続の直前になって遺言書などが出てこないように祈る。もし遺言書があれば、自分に不利な内容がしたためられていることが容易に想像できる。

金が必要だ、何が何でも。

正好は再び時刻を確認した。

父が死ぬまであと一時間十分。焦ることはない。父の死へのカウントダウンは確実に始まっている。

自分が何か直接手を下すわけではない。だからこそ、こうしてそのときを待ち望むことができるのだ。

チェアに座ろうとしたとき、リビングのドアが開いた。不意打ちだったので心臓が飛び上がった。振り返った先には、ワイングラスを手にした喪服姿の姉――美智香《みちか》が立っていた。十歳年上の四十歳だ。メイクで巧妙に皺《しわ》を隠しているのだろう、実年齢より少し若く見える。

「あんたも落ち着かないってわけ？」

正好は黙ったまま姉を見返した。昨日、十七年半ぶりに会った。当時の面影は薄く、常に誰かを睨《にら》みつけているような吊《つ》り目や、他人を見下したときに見せる唇の吊り上げ方で、ようやく記憶の中の彼女と一致した。

今にも平手打ちを食らわせそうな形相で罵詈雑言《ばりぞうごん》を浴びせられた思い出しかない。

「そんなに遺産が欲しいわけ？」姉はさっそく例の嘲笑するような唇の形を見せた。「ずっと音沙汰もなかったくせに、前日にのこのこやって来て……」

帰ってきて、とは言わないのか。後妻と共に家を追い出された異母弟など、姉にとっては所詮〝よそ者〟なのだろう。だが、子の一人である以上、父の遺産は貰《もら》う。たとえ、誰が不満を吐こうとも、正当な権利は行使させてもらう。

「なんか文句あるか？」

視線をぶつけ合ったまま、挑戦的に問うた。

姉は鼻を鳴らすと、正好の真ん前を横切ってリビングに進み入り、チェアに尻を下ろした。黒いストッキングに包まれた脚を組む。

そのまま血の色のワインに唇をつけた。液体の色味は、毒々しいほど深紅に塗られた唇によく似合った。

眺めていると、姉は薄い笑みを見せた。

「何？　祝杯が不謹慎？」

「……いや」

姉は体を見せつけるように両腕を軽く広げた。

「あたしだって、喪に服してるのよ」喪服を披露した姉は、掛け時計を見上げると、くすくすと笑った。「まあ、一時間ほどフライングしちゃったけど」

――親父が死ぬまであと五十九分。

「姉貴は親父の死を祝いたいのか？　それとも悼みたいのか？」

姉は脚を組み直した。挑発的に顎を持ち上げる。メイクでも隠し切れない首のたるみが伸びた。

「何？　お説教？　あんただって遺産を貰いに来たくせに」

別に姉を非難するつもりはなかった。姉の言うとおり、自分も父の遺産目当てに帰ってきたのだから。

答えずにいると、姉はまたワインに口をつけた。隣のコーヒーテーブルにグラスを置く。

「それにしても、あんた、お父さんが死ぬ日をよく覚えてたわね」

「……別に」

「日めくりカレンダーを一日一日めくりながらこの日を待っていたんでしょう、どうせ。

ごうつくばりねえ」

　家裁調査官のおかげだとは言わずにおいた。

　何も答えずにいると、姉は舌打ちした。雨音に満たされた室内でも耳に入るほど露骨に大きく。

「手取り三億もあれば充分だろ、姉貴も」

「……あたしはお店を手放したくないの」

「店？」

　姉は「見なさい」とコーヒーテーブルを愛撫《あいぶ》するようにさすった。丸形の天板を流線形の幕板が支え、そこに三本の猫脚がしっかり広がっている。光を吸い込むような光沢がある。

「マホガニーの木目が鮮やかな本物のアンティークよ」

「それが？」

「これがあたしの商品」

「アンティークの家具？」

「そう。神奈川《かながわ》で専門店を開いてる。欧米から全部自分で目利きして買い付けてきて、揃《そろ》えた、あたしの夢が詰まったお店。開業資金に二億を投じたんだから。絶対に潰せない」

二億——。

正好は目を剝《む》いた。途方もない金額だ。億の遺産同様、現実味がない。何しろ、母と共に家を追い出されてからは、安アパートで貧困生活を送ってきたのだ。母が鬱病で働けなくなったときは、生活保護も視野に入れたほどだ。中学を卒業すると、定時制高校に通いながらバイトし、家計を支えた。

高校卒業時は就職氷河期の直後で、契約社員としてブラック企業にしか就職できなかった。数年後には大卒の年下正社員から見下されるようになり、怒鳴られる生活がこのまま一生続くかと思われた。

だが——。

三億。三億だ。

父が死ぬことになり、子として遺産を受け取れると分かった。相続税を払っても、宝くじで当籤《とうせん》するような大きな金額が入ってくる。

自分にはこの金が必要なのだ。借金を返済するためにも。

正好は姉に訊《き》いた。

「経営、うまくいってないのか?」

「……目利きできない間抜けが偽物を摑まされて、大損した。しかも、あたしに怒鳴られたことを逆恨みして、金を持ち逃げした。忙しさにかまけて、馬鹿に買い付けを任せたのが間違いだったわ」

姉は吐き捨てるように語った。

姉も喉から手が出るほど父の遺産が欲しいのだ。

姉はワイングラスを取り上げ、シャンデリアのライトに深紅の液体を透かした。血の色の先に見ているものは何か。

あと三十分で死ぬ父の姿か。

黙っていると、姉は嘆息交じりに独りごちた。

「七年半前に遺産が手に入っていれば、借金だって膨らまなかったのに……お父さんはあたしに嫌がらせするために、死を先延ばしにしたのよ、絶対」

本当なら数年前に死んでいたはずなのに――ということか。状況を考えれば、姉がそう疑う気持ちも分からないでもない。偏屈で、頑固で、独善的な父のことだ。兄や姉にも辛辣《しんらつ》に当たり、ずいぶん傷つけてきたのだろう。

控えめなノックの音がした。ドアが静かに開き、見知らぬ女性が入ってきた。黒のシックな足首までのワンピースの上に、純白のエプロンをつけている。胸の前にはワインボトルが載った銀のトレイ――。

「使用人よ」

姉が女性を一瞥《いちべつ》し、素っ気なく言った。

女性が丁寧にお辞儀をした。

「佐々原愛子《ささはらあいこ》と申します」

正好は軽く会釈を返した。

使用人か。十七年半前はいなかった。

愛子は「どうぞ」とワインボトルをコーヒーテーブルに置いた。姉は彼女を見やり、くすっと笑った。

「ブスじゃないけど、ほどよく器量が悪いし、お父さんも変な気は起こさないと思って」

愛子は下唇を噛《か》み、視線を落としていた。オレンジ色の明かりのせいか、羞恥と屈辱のせいか、顔が赤くなっている。

「失業は可哀想《かわいそう》だから、雇い続けてあげてるの。月に二日ほど」

愛子は感情を殺した笑顔で「ありがとうございます」と頭を下げた。

「いいのよ」

平然とほほ笑み返す姉。愛子のぎこちない表情に気づいているのかいないのか。

姉はワインを飲み干すと、無言でグラスを突き出した。愛子がボトルを取り上げ、すぐさまおかわりを注ぐ。

姉は礼も言わず、グラスに口をつけた。愛子はそばに立ったまま、姉の様子を窺《うかが》っている。

「そうそう」姉が愛子に顔を向けた。「館の中、綺麗《きれい》にしておいてちょうだいね。もうすぐあたしのものになるんだから」

聞き捨てならない台詞《せりふ》だった。

愛子が「はい、美智香様――」と答え終えるより早く、正好は一歩踏み出していた。

「あたしの？　遺産分配は均等だろ」

姉は顔を歪《ゆが》めた。

「どこまで図々《ずうずう》しいの、あんた」

「権利は権利だろ」

姉は嘲笑するように鼻を鳴らした。

「一体誰がお父さんの面倒を見てきたと思ってんの」

――使用人だろ、どうせ。

傲慢で自己中心的な姉が年老いた父の世話など、甲斐甲斐《かいがい》しくしていたとはとても思えない。だが、そう疑問を突きつけても、世話していたと反駁《はんばく》されたら、それを否定できる根拠は何もない。愛子なら真実を知っているだろうが、使用人という立場上、姉に不利な発言はできないだろう。

掛け時計の針は十一時五十分を回っていた。父が死ぬまであと十分を切った。

もうすぐ父が死に、遺産が自分の手に――。

突然、ドアが開け放された。折り畳んだノートパソコンを脇に抱えた兄――貴彦《たかひこ》だった。四十五歳という年相応に年輪を重ねた顔には、脂汗と共に焦燥感と緊張が滲《にじ》み出ている。薄くなった髪色はロマンスグレーに近い。

兄は口を開こうとして躊躇《ちゅうちょ》した。歯ブラシさながら綺麗に整えられた口髭《くちひげ》が歪む。

落ち着き払った姉が背もたれに体重を預け、優雅な仕草でワイングラスを掲げてみせた。

「兄さんも一緒にどう？　遺産に乾杯」

兄が姉を睨みつける。

「乾杯どころじゃない」

姉が小首を傾《かし》げた。

兄は深呼吸すると、まるで訃報でも告げるような口調で言った。

「父さんが生きてる」

言葉はほとんど意味を成さないまま耳を素通りした。脳が理解を拒絶している。

どういうことだ？　父が死亡する九分前に、兄が父の生存を告げに現れた。

正好は姉と顔を見合わせた後、兄に向き直った。言葉を発しようと思っても、声は喉に詰まっている。

「何言ってんの、兄さん」姉はワイングラスを荒っぽくコーヒーテーブルに置いた。血の色の液体が跳ね、余韻を残して波打っている。「お父さんが生きてるって何？　あと十分足らずで死亡するはずでしょ」

「……このままじゃ死亡が、取り消しになる」

雨音同様、陰鬱な空気がリビングに満ちる。状況が摑めない。だが、億の大金が手の中からするりと逃げていきそうになっていることだけは理解できた。

兄が言った。

「父さんには死んでもらわなきゃ、困るんだ」

姉が執拗《しつよう》に親指の爪を嚙みながら、同調してうなずく。

「なあ」正好は兄に訊いた。「何があったんだ？」

「これから説明する。全員で対策を考えよう」

1

——半年前——

生暖かい薫風が運んでくる若葉の香りは、夏の到来を予感させる。ハンカチが手放せない季節になる。

真壁勇作《まかべゆうさく》は街路樹が並ぶ歩道を歩き、階段を下りた。東京《とうきょう》メトロ丸ノ内《まるのうち》線に乗ると、しばらく電車に揺られた。

霞ケ関《かすみがせき》駅で下車して地上に出ると、先ほどまでの活気あふれる銀座《ぎんざ》とは雰囲気が一変する。一帯を睥睨《へいげい》するような高層の建物が建ち並ぶ中、キャリア官僚風の男たちが行き来している。カジュアルな服装の人間はあまり見かけない。

最高検察庁、東京高等検察庁、東京高等裁判所、環境省、厚生労働省、農林水産省、法務省、総務省、警察庁、外務省などなど、日本の中枢を担う省庁が集まっているのだから当然だ。

真壁は法務省の旧本館を眺めたくなり、そちらに向かって歩いた。ドイツ・ネオバロック様式の赤れんが棟は、無機質なビルの群の中でひときわ異彩を放っている。建物全体を覆うれんがの赤に、ギリシャ神殿風の柱《コラム》やボウリングピンを思わせる手摺り《バラスター》、装飾的な窓枠《ケーシング》の白が対照的で、うまく調和している。何度眺めても惚れ惚《ほぼ》れする。

そのまま歩いていくと、徒歩二、三分の場所にそびえるビル——東京家庭裁判所があった。建物に入り、調査官室のドアを開ける。

椅子に座ると、向かいの主任が「どうだった？」と尋ねてきた。

真壁はデスクに鞄《かばん》を置きながら答えた。

「子供のケアを中心に話し合って、夫婦もわだかまりが解けそうで……たぶん、うまく収まると思います」

銀座の小料理店で女将《おかみ》をしている妻と、夫婦関係が破綻しかけている夫のトラブルだった。非行少年の存在が事態をややこしくしており、話し合いには月日を要した。

「それは何よりだ」

主任が親指を立ててみせる。

「関係が修復されるに越したことはありませんから」

真壁は家庭裁判所調査官――家裁調査官だった。外で自己紹介すると、〝火災調査官〟としばしば間違われ、どこかで火事がありましたか、と心配そうに訊かれることも珍しくない。

家裁調査官は、夫婦間や親子間のトラブルを調査する国家公務員だ。裁判官や書記官、事務官とチームを組み、家裁調査官補時代に実施される二年間の養成課程研修で学ぶ臨床心理学や家族社会学、教育学、精神医学、社会福祉学などの知識を生かして様々な家族問題の解決に尽力する。人間に興味を持たなければ務まらない仕事だ。

真壁は書類を取り出すと、次の面会の準備をはじめた。改めて『失踪宣告の中立書』を取り上げ、目を這《は》わせる。

中立人の欄には『堂島貴彦《たかひこ》』と名前がある。本籍は東京の高級住宅街だ。職業欄には

『トレーダー』、記入事項には『不在者の長男』と書かれている。

不在者の名前は『堂島太平《たいへい》』、行方不明時の年齢は六十八歳だ。生死不明となった年月日は七年前。生死不明となった場所は『自宅』と記入されている。

申し立ての理由は『七年以上生死不明のため』、動機は『不在者の財産を管理・処分するため』だ。

真壁は『失踪宣告の申立書』をデスクに置き、首を回した。

失踪宣告——。

行方不明者の生死が七年以上明らかでないとき、利害関係人——行方不明者の配偶者、相続人、財産管理人など——が家庭裁判所に申し立てることができる。失踪が宣告されると、その行方不明者は法律上、死亡扱いとなるため、財産の相続などが可能だ。人一人の生死に関わる問題だから、家庭裁判所の調査官は慎重に調査しなければならない。

真壁は気合を入れ直し、申立人である堂島貴彦を部屋に招じ入れた。黒系のスーツを着こなしている。挨拶を交わすと、貴彦は脚を開き気味にし、対面の椅子に尻を落とした。膝の上で両手の指を絡み合わせる。

調査の第一歩は聞き取りだ。

「今日はよろしくお願いします」

真壁が軽く会釈すると、貴彦は顎の位置を全く動かさず、「よろしく」と応じた。

「お父様の失踪に関して、具体的なお話を聞かなければなりません。プライバシーにも立ち入るかと思いますが、どうぞ、お気を悪くされませんよう」

「必要なことなら仕方ないでしょう」

患者に一方的に手術の内容を説明する高圧的な外科医のような、素っ気なくも断定的な口調だった。

「それでは——念のため、ですが、お名前とご年齢、ご職業をお願いします」

貴彦は苦笑した。

「堂島貴彦、四十五歳、トレーダー。以上」

「分かりました」真壁は『失踪宣告の申立書』を一瞥した。「お父様の『失踪宣告』を申し立てられているんですね。失踪前まではご一緒に暮らされていたんですか？」

「いいや。僕は三十五で家を出たんでね。妻と二人で暮らしていますよ」

「奥様のご職業は？」

「専業主婦ですよ。妻を働きに出させるなんて、そんな甲斐性なしのつもりはないので」

今度は真壁が苦笑を返す番だった。

結婚して四年目の真壁の妻は、独身時代から勤めていたスーパーで今も働いている。

「僕は外車のコレクションが趣味なんで、自宅のガレージに三台、近所の駐車場に二台、置いてあります」

彼はわざわざ不要な情報を付け加えた。

「お父様はご隠居生活だったそうですね」

「ええ。父は昔は〝昭和の大物相場師〟と呼ばれていました。裁判所の人にこんなことを言うのもなんですけど、ずいぶん際どい手段で株を操って荒稼ぎしていたようですね」

申し立てを受けた時点で各機関に照会し、行方不明者の最低限の情報は得ている。

相場師として悪名を轟《とどろ》かせていた堂島太平は、一九九〇年代に入ると、バブル崩壊を予期し、不必要な資産や不動産を即座に換金し、損害を最小限に抑えたという。

隠居後は、都内にある二百五十坪の土地に構えた館で悠々自適の生活を送っていた。

「それでは、お父様の話をしていただけますか」

水を向けると、貴彦は慎重な顔つきで息を吐いた。先ほどまでの余裕は薄れ、若干緊張が見え隠れしている。

「……父は膵臓《すいぞう》がんでした」

真壁は同情を込めてうなずいた。

「父は日に日に弱っていきました。どんな大人物も病には勝てません」

貴彦は突然スマートフォンを取り出すと、中指で操作しはじめた。一言の断りもなかったため、聞き取り調査の最中でも仕事のメールをやり取りするタイプなのかと真剣にいぶかった。だが、彼はやがて操作を止め、スマートフォンを差し出した。

「これを」

真壁は受け取り、画面を見た。

『堂島太平の至言』

書道の達人がしたためたような書体のタイトルが掲げられたブログだった。

「父の生前のブログです」

生前の——か。貴彦の中では、七年間行方不明の父はもう死亡しているらしい。

「〝至言〟なんて大仰なタイトルが付いてますけど、実際のところ、単なる闘病記です。迫る死を前にして感じたことを綴《つづ》ってあるだけです。父は行方を晦《くら》ませるまで、週に一、二回、更新していました。どうぞ」

「……拝見します」

真壁は適当な日付の記事をクリックし、ざっと目を通した。要所要所を拾いながら流し読みしていく。

人生に立ち止まっている暇などない。それが私の哲学だ。目の前の一日一日を徹底的に生きてきた私にとっては、人生に終わりなどはなく、永遠に続くように感じていた。だが、膵臓がんだと知らされてからというもの、毎日死を意識する。私は生まれて初めて体が朽ちていく感覚を味わっていた。

今までの人生の何分の一を生きられるのか。

終戦の少し前に生まれた私は、日本の経済成長と共に育ってきた。世の中の発展についていけない者は、どんどん置き去りにされていく。私は無能な人間になりたくない一心で、勉学に励み、そして、証券業界でも成功した。一代で財を成せば、金を無心する者、媚《こ》びる者、騙《だま》そうとする者——。色んな人間が蝿《はえ》同然にたかってくる。

死を前にして周りを見回すと、私が心から信用できる者など、誰一人いないことに気づいた。周囲に集まる者は、自分を映す鏡なのやもしれぬ。そうだとすれば、欲深く、傲慢で、嘘《うそ》つきに囲まれている人生は私が作り上げてきたものなのだ。

金はあの世に持っていけない。

人の財産を吐き出させようとする者の常套句《じょうとう》だ。そのような戯言《ざれごと》ですり寄ってこられるたび、私は問う。

それでは一体何ならあの世に持っていけるのか。

大抵の者は言葉に詰まる。

あの世に何も持っていけないならば、この世で築くあらゆる関係も無意味ではないか。

私は何を望んでいるのだろう?

毎日自問する。

私の死を待ち望み、訃報を聞いたとたん乾杯するような連中の顔はいくらでも思い浮かぶ。

今の私はそんな奴《やつ》らを喜ばすまい、という一念で生きている。執念が病を駆逐するかもしれぬ。人間関係など、所詮は騙し騙され、欺き合うゲームのようなものだ。

死が訪れるとき、勝ち誇って高笑いしたいものだ。


ブログの記事は、失踪日の二ヵ月前で更新が停止している。

真壁は「ありがとうございます」とスマートフォンを返した。本人のなまの言葉は、伝聞の何倍も雄弁に人間性を教えてくれる。

膵臓がんで死を前にした大物相場師。

苦悩、不信感、怒り、諦念——。堂島太平のブログには、様々な感情があふれていた。

彼はなぜ失踪したのか。

「お父様が失踪された理由に心当たりはありませんか?」

「……思い詰めて、死に場所を探して家を出たんだと思います」貴彦は顔を歪めると、涙をこらえるように手のひらで口を覆った。指は奥歯が軋《きし》みそうなほど頰に食い込んでいる。「きっと……孤独だったんでしょう。父のブログを見つけたのは、父が行方不明になってからで……父がどんなに心細かったか、そこで初めて知ったんです」

「お気持ちはお察しします。入院はされていたんですか?」

「父は病院嫌いで……。ずっと自宅で療養していました。もちろん、家族としては入院を勧めましたし、手術と放射線治療を受けて一日でも長生きしてくれと懇願しました。でも、父は頑固者で。信念を貫く、と言えば聞こえはいいですが、まあ、独善的で融通が利かないもので。いくら説得しても駄目でした」

「お世話はあなたが?」

「いや」

「では、妹さんが?」

「美智香も独立してるんで。世話は住み込みの使用人の女性に全部任せっきりでした。冷淡だとお思いでしょう?」

「人それぞれ色んな事情があるものですから」

「そりゃ、家族としては父の世話をしたかったですけどね。どうしても生活があるもので、時間が捻出できませんでした。たまの休日に訪ねるのが精いっぱいで……」

真壁は理解を示すためにうなずいてみせた。

「お父様が行方不明になったときの話をしていただけますか」

貴彦の顔に苦悩の翳《かげ》りが生まれた。

「……アメリカにいるとき、使用人からの一報で知りました。朝、父を起こしに部屋に入ったら無人だったそうで。最初、僕は重大事とは考えていませんでした」

「病状は深刻だったんでしょう?」

「膵臓がんで床に臥《ふ》せっているとはいえ、歩行すらままならないわけではありませんでした。気まぐれで散歩にでも出たんだろう、と軽く考えていたんです。今では後悔しています」

貴彦はデスクの上に拳を置き、下唇を噛み締めた。視線は膝元に落ちている。

「その後はどうされました?」

彼は重々しく息を吐き、顔を上げた。

「翌日にも連絡がありました。どうやら父が帰宅しないまま一日が経《た》ったようで。警察に連絡してもいいかどうか、指示を仰がれましたが、僕は様子を見るよう、命じました。電話では事情が摑めませんでしたし、大騒ぎになってから父がひょっこり戻ってきたら、いい恥さらしですから」

昭和の大物相場師・堂島太平が失踪――。おそらく、ワイドショーなどは面白おかしく報じるだろう。視聴者も野次馬根性で好き勝手なことを言う。

彼が危惧した気持ちも分からないではない。これが一般市民――という表現も変だが――なら、すぐ警察に相談したはずだ。

「僕は予定を切り上げて帰国しました。実家を訪ねると、すでに妹も来ていました。丸二日、連絡もなし。たしかにただ事ではありません。僕らは父の友人知人に連絡を取り、心当たりを捜しました。でも、行方は依然として知れませんでした」

「最終的に警察には？」

「通報せざるをえませんでした」

『失踪宣告』をするには、最後に連絡があってから七年――というのが法律上の扱いだ。失踪の起点の特定に際しては、携帯電話の着信記録も証拠になる。あるいは、行方不明者届の提出日だ。

行方不明者届を出した日を貴彦に確認すると、『失踪宣告の申し立て』から七年と二日前だった。

「一応、行方不明者届を出した証拠として、書類も提出してください。確認が必要ですから」

「ああ、それなら――」

貴彦は足元の黒いビジネス鞄を取り上げ、中を漁《あさ》った。そして数枚のクリアファイルと書類を抜き出し、デスクに置く。

「全部持参しています。『失踪宣告』については顧問弁護士に相談しましたのでね。必要なものは用意してきました。どうぞ」

彼がクリアファイルと書類を滑らせる。その所作は無駄がなく、やり手ビジネスマンのそれだった。

真壁は取り上げて中身を見た。行方不明者届に目を通し、続いて分厚い書類を手に取る。報告書だった。上部に探偵社の名前がある。

「探偵社にも捜索の依頼を？」

「ええ。警察が頼りになるとはかぎらないでしょう？　行方不明者なんてありふれていますし、どこまで積極的に捜してくれるか分からなかったので、打てる手は全て打とうと思いまして」

調査の日付を見ると、二年半に及んでいた。堂島太平の過去の行動範囲や友人知人を調査した結果が記されている。どこかで耳にしたことがある名前も少なくない。経歴が添付されているため、肩書はすぐに分かった。相場師時代の関係者や政治家、企業の社長など、そうそうたる人物が並んでいる。

だが、目ぼしい情報はなかったらしく、聞き取り内容の欄はほとんどが無意味な話に終始していた。たぶん、金額分はしっかり調査しています、というポーズなのだろう。

「捜索は長期間にわたっていますね。相当な費用がかかったでしょう？」

「まあ、二年半ですからね。八桁はゆうに」

真壁は目を剝いた。

「八桁——ですか」

「あまり顔を見ていなくても、やっぱり大事な父ですからね。お金の問題じゃありません。見つけてもらえるならいくらでも払うつもりでした。まあ、無駄骨に終わりましたが」

認識を改めなければならない。無感情な計算機を思わせる第一印象と異なり、彼には家族思いの顔があるようだ。

貴彦は「これもどうぞ」と一枚のディスクを差し出した。「テレビ局の知人に無理を言って探してもらったものです」

「何でしょう？」

「見ていただければ分かります」

真壁はディスクを受け取ると、ノートパソコンに挿入した。自動で動画プレイヤーが起動する。再生されたとたん、タイトルが大写しになった。二、三年前に終了したニュース番組だ。民放では最も視聴率が高かったと記憶している。

アナウンサーが語る。

「昭和の大物相場師と呼ばれた堂島太平氏が行方不明になっている事件で、家族が懸命の訴えを行っています」

画面が切り替わると、貴彦が顔出しで喋《しゃべ》りはじめた。名前の下には（38）と年齢が表示されている。七年前の映像だ。今よりも皺が少なく、髪の量も多い。

「父さん！」画面の中の貴彦が叫ぶ。「一体どこで何をしてるんだ？　帰ってきてくれ！」

「家族みんな心配してるぞ！」

「事件に巻き込まれたのか？　父さんを誘拐した人間がいるなら帰してくれ！　連絡をくれ！　交渉しよう！」

「父さんはもう長くないんだ。膵臓がんなんだ。頼む。残り少ない時間を家族と過ごさせてくれ！」

必死の形相だった。目を見開き、唾を撒《ま》き散らさんばかりの勢いで叫び立てている。

対面に座る貴彦は苦笑いを浮かべていた。同一人物とは思えないほど冷静な顔をしている。

「いやはや、醜態です」

「いえ、そんなことは――」

「当時はただただ必死でした。世間体など考えもせず、利用できるものは何でも利用して、とにかく父を見つけたかったんです」

画面の中では、老年のコメンテーターが〝事件〟を分析していた。犯人は堂島太平を誘拐したものの、身代金を要求する前に大騒ぎになって慌てているのではないか、と語っている。

有力な情報を提供した者には百万円、堂島太平の発見者には五百万円の謝礼を払う、と貴彦が告げるシーンでそのコーナーは終わっていた。

「ずいぶんと思い切りましたね」

「謝礼金のことですか？　父の無事に比べたら、数百万なんてはした金です」

「報道された後はどうなりました？」

「ひっきりなしに電話がかかってきましたよ。まあ、その手のプロに依頼していたので、パンクすることはありませんでしたが」

「有力な手掛かりは？」

貴彦は無念そうにかぶりを振った。

「信憑性《しんぴょう》が皆無の情報ばかりでした。稀《まれ》にそれっぽい情報もありましたが、確認したら全部ハズレ。そのうち、悪戯めいた電話も増えましたよ。笑っちゃうのは、『俺、俺、父さんだ』ってやつ。振り込め詐欺がクローズアップされている時期に、そんな電話を信じる間抜けだと思われたんでしょうかね。詐欺師は何人も警察に捕まりました」

自分の恥部を見せてしまって気取る必要がなくなったからか、貴彦の口は滑らかになっていた。

「額が額ですから、金目当ての人間が群がってきたんですね」

「見飽きた連中です。小学生のころから、僕に媚《こび》を売ってすり寄ってくる人間は大勢いましたし」

「子供たちがそんなに打算的に?」

「大人たちですよ。同級生の親とかね」

視線を外し、流し目を壁に送る貴彦は、人生を達観したような眼差《まなざ》しをしていた。

「謝礼の件は定期的に新聞広告を打って、忘れられないようにしていたんですけど、結局、今の今まで情報はなし」

「……残念でしたね」

「父は自分の意思で家を出て、どこか見知らぬ土地を死に場所に選んだのかもしれませんね。あの手この手で捜索しても一向に見つからないんですから」

「それで諦めて『失踪宣告の申し立て』を？」

「ええ。謝礼金も取り下げて……自分たちもそろそろ堂島太平の呪縛から解放されるべきではないか、と。妹とも話し合ってそう決意しました」

「苦しいご判断だったと思います」

「身を切るような決断でしたけど、『失踪宣告』が可能になる七年はきっかけかな、と」

貴彦は精根尽き果てたように大きな嘆息を漏らした。彼が覗《のぞ》かせた表情は、ほんの小一時間で一気に何年も老けたようだった。

「冷淡だとお思いですか？」

「いえ」真壁は神妙な顔を作ったまま、首を横に振った。「人は誰しも自分なりのけじめをつけないと、前を向けないものですから」

「『失踪宣告』が出た家族はどんな様子なんですか」

「こんな言い方は不適切かもしれませんが、ある種の憑《つ》き物が落ちたような、どこか、ほっとした表情を見せられますね。やはり、大事な人間の生死が分からない状態で、一筋の希望を抱いたまま何年も過ごすのは苦しいものなのだと思います」

そう、色んな意味で死は一つの区切りなのだ。自分自身、母の介護で疲れ果てた父が、母の死後、ふと見せた安堵《あんど》の表情を忘れられない。長生きしてほしいと願いながらも、日々削られていく神経だけはどうにもならず、相反する感情の板挟みになって葛藤する。それならばいっそ――。そう思ってしまう本音を一体誰に否定できよう。

貴彦は口の周りの皺を深めるように微笑した。

「そう言ってもらえると、少しは救われます。やっぱり、実の父親の死を宣告してもらおうとしているわけですから、迷いもありましたし、ずいぶん苦悩しました。まるで自分自身が鬼畜になったような気がして……」

堂島太平の失踪以降、貴彦は警察に行方不明者届を出し、探偵社に依頼し、テレビで訴え、情報提供に多額の謝礼を提示していた。必死で父親の行方を追っていた。何が何でも父親を見つけたかった、という想《おも》いが伝わってくる。

『失踪宣告の申立書』を提出した家族の中でも、そこまで徹底しているケースはそう多くない。

耳にする堂島太平の噂《うわさ》は決してよいものとは言えず、正直、株の世界で成り上がるために大勢を騙し、蹴落とし、傷つけてきた悪辣な大物相場師だと思っていた。だが、家族に見せる顔は違ったのか。人は表面では判断できないのだ、という当たり前の事実を再確認させられた思いだった。

彼はなぜ七年前に突如失踪したのか。何があったのか。事件なのか事故なのか、はたまた本人の意思なのか。

七年も音沙汰がなければ生存の可能性は極めて低い。行方を晦ませてからの期間、どこで何をしていたのだろう。

悪名の知れた人物の謎の失踪だからか、過去に扱ってきた『失踪宣告』と違って、職務上の関心以上の興味を感じた。だが、家庭裁判所の調査官の本分は逸脱しないようにしなければならない。

「資料の数々を拝見するかぎり、失踪から七年以上が経っているのは間違いなさそうですね」

貴彦は殊勝な顔つきでうなずいた。

「これで『失踪宣告』が出ますね」

「いえ。ご面倒と思われるでしょうが、他のご家族からもお話を伺わなくてはなりません」

「そうですか。慎重を期すわけですね」

「はい。そして失踪が確実だと判断されれば、その後は官報や掲示板に――」

「手続きの流れは承知しています。説明は不要です」

貴彦はぴしゃりと遮った。既知の知識をわざわざ教えられることは屈辱的なのだろう。

行方不明者の親族などに聞き取り調査した後は、もし生存しているなら本人や知人が届け出るように、一定期間――三ヵ月以上――、官報や裁判所の掲示板で公示する。期間中に連絡が何もなかった場合、諸々《もろもろ》の手続きを経て『失踪宣告』がなされる。

「他に話は？」貴彦が訊いた。

「もしかしたら何か補足が必要になったとき、またご足労いただくこともあるかもしれませんが、今のところは充分です。ご丁寧に資料をご用意いただき、ありがとうございました」

「必要な物を必要なタイミングで用意するのは、一流のビジネスマンの常識ですからね」

貴彦は笑みも見せずに言うと、立ち上がった。自然な動作で手のひらを差し出す。

「それではよろしくお願いします」

握手を求められたのは初めてで、一瞬、躊躇した。何となく、堂島太平の死を決定する〝共犯者〟となることを求められているような気がしたのだ。

いや、考えすぎだ。

真壁は無根拠な妄想を内心で打ち払い、握手した。握り返してくる貴彦の手の力強さに、漠然とした不自然さを覚えた。

堂島太平の身に一体何が起こったのか——。

2

ドアを開けて入室してきたのは、シックな黒のスカートスーツに長身を包んだ中年女性だった。印象を和らげようとしてか、眉尻が弓なりに軽く垂れ下がるように描かれている。だが、ネコ科の獣を思わせる吊り目の眼光は力強く、負けん気の強さを感じさせる。

真壁はその中年女性――堂島美智香を軽く観察した後、椅子から腰を上げ、自己紹介した。

「――よろしくお願いします、真壁さん」

美智香はスカートを乱さないように優雅な仕草で、ふくらはぎを揃えるようにして対面の椅子に座った。どこか落ち着かなげに見えるのは、控えめな姿勢が苦手だからかもしれない。隠し切れない傲慢さが透けている。兄の貴彦と共通点が多い顔立ちで、性格も似ていそうだった。

子供の一挙手一投足まで支配したがる自分の母がちょうどこんな雰囲気を纏《まと》っていた、と思い出す。

真壁はデスクを挟んで椅子に腰を下ろすと、改めて書類にさっと目を這わせた。

「『失踪宣告』を出すには慎重を期する必要がありますので、ご家族の方々からお話を聞かなければなりません。ご足労いただき、どうもありがとうございます」

「いえ。当然です。『失踪宣告』を出してから、生きていると分かったら困りますものね」

「困る――?」

「あっ、いえ、誤解なさらないでください。もちろんあたしたち家族は、父がどこかで生きていることを願っていますし、今でもふらっと戻ってきてほしいと思っています。困る、と申しましたのは、裁判所として、という意味です。『失踪宣告』を出した後で行方不明者が生存していたなんて分かったら、調査不足の手落ちですものね」

説明が長く、どこか言いわけじみて聞こえた。表向きは家族を思いやっているように見えても、内心は違う、という例は、残念ながら少なくない。だが、美智香は取り澄ました顔のまま、冷や汗すら掻《か》いていなかった。

本音が摑みにくい相手だな、と気を引き締める。

「あなたはアンティーク家具のショップを経営されているんでしたよね」

「はい。品揃えには絶対の自信を持っています。真壁さんもよろしければぜひ。値段は勉強させていただきますよ」

「私の給料ではアンティークなどとてもとても。身に着けているものも、ブランド品は妻から誕生日に贈られた腕時計だけで、後は安物です」

「あら残念。若いうちから本物に親しんでいる人間だけが一流になるんですのよ」

無自覚な上から目線に真壁は苦笑した。

「お店の経営のほうはどうですか？」

「順調です。本物のアンティークは、同じく本物のお客さんに愛されます。上辺だけの人間には似合わないものです。あたしはそんな本物同士の出会いをプロデュースしています。需要が大きいので、今度は関西のほうにも支店を出そうと思っているんですのよ」

美智香は、銀行の融資担当者にプレゼンでもするかのように説明した。

「海外から輸入するんですか？」

「そうです。目利きが大事なんです。父の館の家具のいくつかは、欧米であたしが探してきたものなんですよ。父はたいそう気に入っていたんですけど、行方不明になってからは埃《ほこり》を被《かぶ》ってしまって。あっ、これは比喩ですよ。使用人が月に二度、掃除に来ていますから」

「使用人ですか」

「ええ。器量はよくありませんけど、献身的で、なかなか働き者です。以前は父の世話も任せていたんですけど、父がいなくなったんで、雇用形態を変更したんです。別にあたしたち、父をほったらかしにしていたわけではありませんよ。家庭を持っていたり、仕事が多忙だったり、父の世話をできるほどの時間がなかったんです。冷酷だと思わないでくださいね」

「いえ、思っていませんよ。私も母の介護は父に頼りっぱなしの身でした。あなた方の苦労は多少なりとも理解できるつもりです」

「そう。ならいいんです」美智香は深紅の唇の片端を軽く吊り上げるようにして微笑した。「変に誤解されたら困りますもの。あたしたちは父の身を案じています」

「もちろんです。みなさん、行方不明になった家族を愛しながらも、気持ちに区切りをつけるために、思い悩んだ末に『失踪宣告の申し立て』をされます」

「あたしたちもそうです。区切り、大事ですよね。進行の早い膵臓がんを患っていた父がもう生きているわけがないのに、心の奥底では、もしかして、と思わずにいられません。それがつらいんです。耐えがたいんです。いつまでもいつまでも」

美智香はレースのハンカチーフを取り出し、目元を覆った。華奢《きやしや》な肩が小刻みに震えている。

嘆息してからハンカチーフを下ろすと、瞳に涙は光っていなかった。拭い去ったせいなのか、それとも——。

「行方不明になった父に一体何があったのか。七年間、あたしたち家族は苦しんできました。もう充分でしょう？　違いますか？」

「……七年は長いですね」

「ええ。法律は家族を充分すぎるほど苦しめる期間を設けています。七年。父が行方不明になってからの七年がどれほど長かったことか。あたしはその苦しみから解放されるために、『失踪宣告の申し立て』に賛成しました。『失踪宣告』というものがあることは、兄が教えてくれたんです」

「そうでしたか。おつらい日々だったでしょう」

「はい。『失踪宣告』のために必要なことなら何でも訊いてください。嘘偽りなく、記憶にあるかぎりお話しします」

嘘偽りなく——か。

わざわざ断言したのは、何か後ろめたい感情があるからではないか。彼女の口調にはどことなく不信感を覚える。

聞き取り調査を続ければ、深淵《しんえん》の奈落に置いてあるような彼女の心に触れられるだろうか。

「お父様が行方不明になられた日の話をお願いします」

美智香は居住まいを正すと、記憶を掘り起こすようにまぶたを伏せ、しばし沈黙した。

たっぷり焦《じ》らすだけ焦らし、ようやく目を開ける。真壁の顔を通して遠くを見る眼差しだ。見つめ合う視線は絡んでいるようで絡んでいない。

「そう、あの日は商品の買い付けでトラブルがあり、バタバタしている真っ最中でした。兄からスマートフォンに着信があったんです。いったんは無視しようかと思ったんですが、兄からの電話は滅多にないので、あたしは直感的に父の訃報を予期しました。緊張しながら電話に出たことを覚えています」

「お兄さんは何と?」

「『父さんがいなくなった』と。あたしは最初、比喩表現かと思いました。兄は〝死〟を直接的に口にできず、遠回しに、朦朧がんで亡くなったことを告げているのだ、と。あたしは動揺を押し隠しながらも、辛うじて『そう……』と答えました。兄には素っ気なく聞こえたかもしれません。兄は『お前、何か知っているのか?』と訊きました。何のことやらさっぱり分かりません。『どういう意味？　お父さんが亡くなったんじゃないの?』と訊き返したら、兄はそこで黙り込みました」

「互いに誤解があったわけですね」

「ええ。父が行方知れずになっていると兄から聞いたときは、何が何やら分からなくて。ただでさえ、買い付けトラブルで頭の中がごちゃごちゃしているときでしたので。思わず兄に向かって声を荒《あら》らげてしまいました。仕事を放置することはできず、実家に駆けつけたのは深夜になってからでした」

美智香は手をデスクの上に置くと、ぐっと拳を握った。眉間に縦皺を作り、マニキュアと同色の赤い下唇を噛み締める。

「今から思うと、たかだか半日で何が変わるわけでもありませんが、当時は一刻も早く駆けつけるべきだったと悔やんだものです。実家の館に着いたあたしは、青ざめた顔の使用人に対面しました」

「具体的なお話はお兄さんが？」

「使用人です。兄は仕事でアメリカにいて、まだ帰ることができていませんでした。父の行方不明も使用人から連絡を受けたそうです」

「どのようなお話を聞きました？」

「朝、ドアをノックした使用人は、返事がないので、心配して部屋に入ったそうです。ベッドがもぬけの殻で、慌てて館じゅうを捜し回ったけれど、見当たらず……そこで兄に連絡したようです」

「突然、姿を消されてさぞ驚かれたでしょう」

「当然です。神妙な顔つきでうなだれる使用人に思わず平手打ちをしてしまったほど……」

「それはまた穏やかではないですね」

「住み込みで父の世話をしているのに、父が行方を晦ませても朝まで気づかなかったんですよ？　怠慢です」

使用人は寝ずの番をしているべき、と言わんばかりだった。その使用人の苦労が偲《しの》ばれる。

とはいえ、家裁調査官の領分を越えて説教じみた意見など口にできるはずもなく、苦笑を返すしかなかった。

「……あたしは使用人を責めました。認知症の父から目を離すなんてどういうことなの、と」

あまりに当然の事実であるかのように語られ、危うく聞き逃すところだった。

「お父様は認知症だったんですか？」

「あら？　兄は言いませんでした？」

「膵臓がんを患っていて先が長くなかった、とは伺いましたが」

「変ねえ。忽然《こつぜん》と姿を消したんだから、大事な情報だと思うんだけど……。何か伏せておかなきゃいけない理由があったのかしら。ねえ、どう思います？」

ふふ、と今にも笑みをこぼしそうな流し目をしている。まるで答えを知っている問いで挑発しているかのような。だが、瞳の奥には御しがたい憎しみがちらついているようにも見えた。

「……私には何とも」

曖昧《あいまい》に濁しておいた。

美智香は小さく鼻で笑うと、脚を組んだ。デスクの天板から膝頭が覗いている。

「行方不明になる半年ほど前、医者から認知症と聞かされて、あたしたちは唖然《あぜん》とするしかありませんでした」

「症状は重かったんですか？」

「膵臓がんに認知症でしょ。さすがにあたしたちも心配になって、頻繁に――っていうと大袈裟《おおげさ》かしら、ときどき様子を見に行きました。父は前日話したことも忘れるようになって……ある日なんか、あたしを使用人と間違えたほど」

一瞬だけ美智香の唇の片端が歪んだ。たぶん、父親に忘れられたことではなく、使用人と間違われたことにショックを受けたのだ。相当屈辱だったのだろう。

「それはずいぶん重症ですね」

「ええ。あたしは父の肩を揺さぶって、あたしよ、あたしよ、分からないの、って叫びました。父のそんな姿は見たくありませんでした。傲岸不遜で、唯我独尊を地で行くような父でしたから、その変わりように正直打ちのめされました」

同情の気持ちが伝わるよう、真壁は渋面でうなずいてみせた。

「使用人の話を聞いて、あたしは真っ先にイメージしました。焦点の合わない瞳で虚空を睨み、他人の声にも耳を貸さず、ただただ、目的地もなく歩き回る老人の姿を」

「お兄さんが来られるまではどうされていましたか」

「使用人に近所を捜し回らせました。近所はもう捜しました、なんて口答えしたから、また引っぱたいて、じゃあもっと遠くまで捜しなさいよ、と——」

言い終えてから、美智香ははっと口を覆った。

「誤解なさらないで。あたし、普段はそんなふうに人に手を上げたりはしないんですよ。でも、そのときは動揺していて、つい感情的に……。ご理解いただけるでしょう?」

美智香は上品に見えるほほ笑みを向けてきた。言葉遣いで清楚《せいそ》に見せようと努めているものの、仮面の下には高慢で激情家の本性が隠れている——。それがここまで言葉を交わした印象だった。彼女は間違いなく、〝傲岸不遜で、唯我独尊を地で行くような父〟の血を受け継いでいる。

苦笑いは表に出さないよう、努めた。

「もちろんです」真壁はうなずいた。「お父様が突如行方を晦ませたんですから、ご家族としては平静でいられないでしょう。私も親子で買い物に行って、ほんの数秒、鮮魚を眺めていたあいだに三歳の息子が消えたときは、パニックになりました。通りかかった買い物客に『息子を見ませんでしたか!』なんて声を荒らげたほど。幸い、息子はすぐそばの試食コーナーのおばさんに張りついていました」

「幼い我が子なら当然の反応だと思います」

「堂島さんもお子さんがいらっしゃるんですね」

「まさか。あたしは独身です。勘違いなさらないでね。結婚できないわけではなく、しないんです。幼少のころから、父の周りには各界の大物や著名人が集まっていました。それで目が肥えてしまったのか、男性に対するハードルが上がってしまって。一生を添い遂げたいという方に出会えませんの」

「そうでしたか。失礼しました」

「紛らわしい言い回しをしてしまいましたね。我が子なら動揺しても理解されますが、あたしの場合はいい歳をした父だったもので、あの取り乱しようは、今思うと顔から火が出そうです」

「……すみません、話が逸《そ》れてしまいましたね。お父様の話を続けてください」

実際は無関係な話などではなく、関係者の情報は大事だった。だが、法廷での〝人定尋問〟のような訊き方をしてしまうと、相手が警戒し、緊張する。だから世間話のようにさりげなく触れることを意識していた。

美智香は気を取り直すように一呼吸置いた。

「使用人が近所を捜し回っても父は見つからず、あたしは途方に暮れました。館に入って、アールグレイを一杯飲んで……それで少し気が落ち着きました」

「その時点で警察には？」

「通報しませんでした。警察なんて、痴呆老人の一人や二人が行方不明になったところで、民事不介入を言いわけにして助けてくれませんでしょう？　あっ、痴呆は差別的でしたわね、身内のことなので、つい」

「いえ、お気になさらず」

「三年前にお店に盗みに入られたときは、さすがの警察も迅速に動いてくれましたけど。行方不明の捜索じゃ、どうせ放置されてしまいますし。あたしたちが納めてきた税金の額を考えたら、少しくらい優遇してくれても罰《ばち》は当たらないんじゃないかと思いますけど」

「事件の可能性は考えなかったんですか？」

「……事件？」

「たとえば、誘拐とか。お父様は大変な資産家でいらっしゃる。金目当てで身柄をさらおうとする犯罪者がいても不思議ではありません」

「館の部屋が荒らされた形跡はありませんでした。もっとも、使用人もグルなら事は容易ですわね。父を誘拐させた後、争った跡を片付けてからあたしたちに連絡すればいいんですもの」

　何だかきな臭い話が出てきた。単に〝可能性の話〟として語っただけなのだろうか。それとも――。

「使用人の方を疑う理由が何かおありですか？」

「あら、警察の尋問みたいですわね。父が行方不明になった後、使用人の羽振りが少し良くなったことが気になったものですから」

金銭を目的に堂島太平の誘拐に協力した——あるいは黙認した——共犯者かもしれない、と疑っているのか。

「使用人の方を追及したりはしなかったんですか」

「しませんでした。身代金要求の電話でもあれば、使用人の関与を疑ったかもしれませんが、何もなかったもので」

美智香は「あっ」と声を上げながら、深紅のマニキュアが艶やかに輝く人差し指を立てた。

「でも、身代金要求の電話は一度だけありましたわね」

真壁は目を瞠《みは》り、思わずデスクに身を乗り出した。美智香が顔を顰《しか》めながら若干身を引いたほどだった。

「電話があったんですか！」

そんな重大な話は堂島貴彦からは出てきていない。

「まあまあ、落ち着いてください。誘拐の電話は悪戯です」

「悪戯？　どういうことですか」

「兄がテレビのニュース番組で父のことを訴えたからです。訴えたといっても訴訟のことじゃありませんよ」

「分かります。映像をお兄さんから見せてもらいましたから」

「あら、そう。手回しがいいのね、兄も。真壁さんは裁判所の方なので、訴える、と言ったら別の意味にとられるかと思いまして」

彼女は自分で語った内容をすぐ補足する癖があるようだ。頭の回転が速いというより、自分の言葉が相手にどう受け止められるか、敏感に察する嗅覚を持ち合わせているのだろう。いや、むしろ、他人からの評価を気にしすぎる性格なのかもしれない。

「兄がテレビに出演して一週間ほど経ったころだったかしら。館に電話がかかってきて、『堂島太平を誘拐した。無事に帰してほしければ身代金を振り込め』と。動揺しましたが、あたしはすぐぴんときました。流行《はや》りの〝振り込め詐欺〟の一種だ、と」

「本物の脅迫電話だった可能性はないんですか」

「ないでしょう。便乗犯です。ほら、架空請求と同じですよ。駄目元でお金を要求するんです。あたしたちの父親が行方不明なのは全国に知れ渡りましたから、利用できると思ったんでしょう。家族のパニックを誘発して、お金を振り込ませようと企《たくら》んだんです。現にあたしたちが無視を決め込んだら、何も起こりませんでした。そもそも本当の誘拐犯なら、口座に振り込ませますか？」

「……私は警察官ではありませんし、誘拐事件は門外漢ですが、口座振り込みはたしかに珍しいかもしれませんね」

「良くも悪くも、テレビ出演の反響は大きかったですね。自称占い師や霊能者が訪ねてきて、ウン百万円を払えば父親の居所を透視してあげる、と主張したり。詐欺師どもはあわよくば大金をせしめようとあの手この手。自分が賢いと錯覚している連中はことごとく蹴散らしてやりました」

美智香は、ふふ、と勝ち誇ったような微笑を浮かべた。吊り目と相まって狐《きつね》っぽい印象が強まる。

「とにかく、あたしたちはテレビ出演も含めて、父を見つけるためにできることをしました。八方手を尽くして捜し回ったんです。お金は出し惜しみしませんでした。兄と相談して探偵社にも依頼しました。警察にも相談しました。でも――」

彼女は唇を嚙んだまま歪めると、自身の手元を睨みつけた。眉間に三本の縦皺が刻まれる。

「ご承知のとおり、父は見つかりませんでした。この七年間、あたしたちがどれほど苦しんできたか。最初の一年間は、探偵社からの報告をそわそわしながら待ちました。二年も経つと、さすがに期待も薄れ、でも、電話があると、探偵社に駆けつけました。いつも朗報は聞けませんでした」

無念そうな口ぶりだった。直感的に、演技ではないと感じた。本気で父の身を案じていたのだろう。

「役立たずの探偵を何度怒鳴りつけたことか。決して安くはないお金を払っているのに、何一つ成果はありませんでした。依頼を打ち切ろうとすると、さも何かを掴んだように匂わせるんです。で、仕方なく契約を延長するんですが、結局は空振りに終わって。その繰り返しであたしたちはほとほと疲れ果てました。そして七年。このまま父の亡霊を追い続けていたら、自分たちの人生も失ってしまいます」

「お父様はもう亡くなっているとお考えなんですね」

「……そうですわね。ただ、遺体を目の当たりにしたわけではないので、心の大半は諦めていても一縷《いちる》の希望が捨て切れず、気持ちの整理がつきません。だからこそ、法的に死が認められたら、それがけじめになると思うんです。どうかよろしくお願いします」

美智香は組んでいた脚を解き、殊勝に頭を下げた。

彼女が面《おもて》を上げるのを待ち、真壁は言った。

「お気持ちはよく分かりました。ですが、簡単な問題ではありませんから、お父様が生存している可能性は本当にないのか、手落ちなく調査しなくてはなりません。もちろん、捜索をするわけではありませんが」

「何事も手続きというものは煩雑なものですね。仕方ありません。あたしは他に何を話せばいいでしょう？」

　真壁は手元の資料を流し読みした。

「あなたには弟さんがいらっしゃるんですね」

　美智香の顔に嫌悪が滲み出た。

「後妻の子です」

「弟さんからもお話を聞きたいと思いますが、連絡先などはお分かりになりますか？」

「……知りません。十七年前に後妻共々、父に家を追い出されました。その後は没交渉です」

「それはまたどうして？」

「元々、仲が良かったわけではありませんし、家を追い出されてどこに住んでいるかも分からない人間とわざわざ連絡を取り合ったりはしません」

「あ、いいえ、没交渉の理由ではなく、家を追い出された理由を伺ったんです」

「……さあ」

「さあ、ということはないでしょう」

「本当に分からないんです。父は容赦なく人を切る人間でした。身内であろうとも裏切り者は決して許さないんです」

「裏切り者とはずいぶんまた過激な……一体何があったんですか」

家裁調査官は、少年少女の問題に関わった際、家庭環境など、かなり踏み込んで一緒に解決策を模索するのが仕事だ。一方で『失踪宣告の申し立て』の場合は少し事情が違う。職名どおり、〝調査〟が主だ。必要以上にプライバシーを詮索しない。だが、職業病か、ついつい追及してしまう。

美智香は目をしばたたかせた。

「喩《たと》え話です、単なる。身内でも容赦しない、という意味で言っただけです。実際に後妻が何かを裏切ったわけではありません。いえ、何かあったから離縁したんでしょうけど、あたしにはその理由は想像もつきません。父は何かにつけて徹底するタイプでしたから、どんな理由があったにしろ、離縁を口にしたからには撤回はしなかったでしょう」

彼女は本当に離縁の理由を知らないのだろうか。口ぶりからはどちらなのか判じにくかった。

「何にせよ、父の失踪に後妻たちは無関係です。もう堂島家と接点がない人間ですから」

美智香は冷徹な台詞を敢然と言い切った。

3

大崎正好の第一印象は、尖《とが》った鉛筆だった。長身痩軀《そうく》の外見が理由ではなく、性質的なものだ。ナイフほどではないものの、他人を傷つけるには充分な攻撃力がある——。常に目の前の人間を疑っているような眼光や、引き結ばれた意志的な唇がそんなイメージを形作っているのかもしれない。

真壁は自己紹介すると、着席を促した。

正好は調度品の値打ちを品定めするかのように室内を一瞥し、無言で椅子を引いた。尻を下ろすや、座り心地が気になるのか、二、三度、身じろぎした。

一流ブランドで身を固めたような貴彦や美智香とは対照的に、膝頭が白っぽく色落ちした紺のジーンズを穿《は》いている。髪型も美容室で整えた無造作ヘアというより、単に無頓着なだけのような乱れ方をしていた。

「俺が呼び出された理由、いまいち理解しきれてないんだけど」

正好はうんざりした顔をしていた。

彼の住所を突き止め、関係者として面会に出向いてもらった。だが実際のところ、手探り状態だ。とりあえず、基本的な部分から質問していくしかない。

「本日はご足労いただき、どうもありがとうございました。お父様の件です」

正好は唇を軽く引き攣《つ》らせるように嘲笑した。

「あいつが〝お父様〟なんてガラかよ。やめてくれ。あいつを父親なんて思ったことはないね」

会話の端緒を切って落とすような口調だった。調査官室に沈黙が降りてきたが、正好は別段気にした様子もなく、興味なさそうな態度で視線を外している。

「……しかし、十年以上ご一緒に暮らされていたわけですし、血の繋《つな》がりだってありますよね」

「遊んでもらった記憶はないし、兄貴や姉貴からは額に出来たイボのような扱いを受けたよ。鏡を見たらそこにあって、鬱陶しくてぷちっと潰してやりたい異物――」

吐き捨てたとたん、正好の眼光の強さが増した。まるで父親のことを持ち出す人間は全員敵だと言わんばかりに。

「複雑な事情がおありなんですね。私でよければ、どうぞ思いの丈を吐き出してください」

通じるかどうか分からなかったものの、少年少女には安心感を与えられる微笑を試してみた。

正好は冷めた流し目を寄越《よこ》しただけだった。

「堂島さんとお母様のご関係はあまりよろしくなかった？」

〝お父様〟を使うのはやめておいた。

「……親父は若い肉体を貪りたかったんだろうよ。再婚したお袋は当時、まだ二十四歳だったんでね」

生々しい言いざまに真壁はぎょっとした。

「とすると、離縁されたのは——」真壁は手元の書類を見ながら計算した。「お母様が三十八歳前後のころですね」

「離縁なんて言い方、やめてくれ。俺らは家を追われたんだよ。ほっぽり出されたんだ。四十路《よそじ》が見えてきたら用なし、ぽい、だ。はした金を投げ与えられてな。三十畳のリビングがある館から六畳一間のアパートへ。十三歳の俺を抱えたお袋がどんなに苦労したか。コンビニ弁当すら贅沢《ぜいたく》品で、家事をしながら働いて……結局、八ヵ月前に病死したよ。病気が判明してからあっという間だった」

表面的な同情の台詞は求められていないだろう。たとえ心を込めても逆効果になると感じ、黙ってうなずくにとどめた。

「バイトしながら定時制高校を卒業するのが精いっぱいだった人間なんか、優良企業には見向きもされず、ブラックな会社の契約社員で低賃金労働だよ」

堂島太平の名前を聞きたくもない理由の一端が分かった。なまじ裕福な生活を知っているだけに、向こうがどれほど恵まれた人生を送っているか容易に想像できてしまうのだ。

「堂島さんが七年前に行方不明になったことはご存じですか」

正好は鼻で笑った。

「ニュースになったし、兄貴が出演してたな。わざとらしい涙はお笑い種《ぐさ》だったよ」

「父親が行方不明になれば、子供としてはやはり動揺するものでは？」

「世間体だろ、世間体。上流階級の付き合いじゃ、冷淡に見えたら損だろうしな」

「お兄さんとお姉さんからもお話を伺いましたけど、七年間、必死で行方を捜されていましたよ。探偵社にも依頼して、ずっと大金を払われていたようですし」

「……へえ。兄貴も姉貴も損得でしか動かない人間だと思ってたけどな。ガキのころからそんな性格が透けて見えてたよ」

「説教臭く聞こえるかもしれませんが、人間は一面的ではありませんから。意外と外から心は窺い知れないものです」

担当した家事事件――家庭内の紛争などに関する事件――で非行に走った少年少女から話を聞くと、それは顕著だ。愛情への飢えや、厳格な親や過保護な親への反発、思春期特有の交友関係のこじれなど、それぞれ子供ながらに抱えている想いがある。罪だけを容赦なく責めればいいというものではない。

たぶん、大人でもそれは同じだろう。むしろ、大人のほうが様々なしがらみがある分、複雑かもしれない。

正好はまた鼻で笑った。話そのものに興味がなかったというより、単に説得力を感じなかっただけだろう。

「大崎さんはご心配ではありませんでしたか？」

「親父が？　家を追い出された時点で赤の他人だし、生きてようが死んでようが俺とお袋の人生には何の関係もないだろ。有名人の訃報のほうがまだ胸に刺さる」

堂島太平への憎しみはずいぶん根深そうだ。

「ここからが本題なのですが、堂島太平さんに対し、お兄さんが『失踪宣告の申し立て』をされました。『失踪宣告』はご存じですか」

正好は目を眇《すが》めるようにして眉を顰《ひそ》めた。

「さあ。別に興味ないな」

「……『失踪宣告』は大崎さんにも大いに関係してくると思いますよ」

「へえ。どう？」

真壁は姿勢を正した。

「遺産問題です。『失踪宣告』というものは、行方知れずの家族に対し、法律が〝死〟を認める制度です。普通失踪の場合、失踪から七年が経過していれば申し立てができます。堂島太平さんが死亡扱いになるわけですから、当然、配偶者や子は遺産の相続権を行使できます」

正好は目を見開き、デスクに両手をついて身を乗り出した。

「遺産、貰えんのか?」

目はぎらぎらと輝いている。

「残念ながら離婚された時点でお母様には相続権がありませんが、子である大崎さんは法定相続分が受け取れます」

「いくらだ?」

「額は分かりませんが、堂島さんには配偶者がいませんから、ごきょうだいで均等に分けることになります」

「均等……」

正好は椅子に座り直し、ぶつぶつとつぶやきはじめた。ときおり数字が漏れ聞こえてくる。

昭和の大物相場師、堂島太平。その遺産はどれほどの額だろう。数億か、あるいはそれ以上――。

『失踪宣告』が問題なくなされたとして、果たしてきょうだい間で揉めずにすむだろうか。

家庭裁判所の司法統計では、遺産の金額が一千万円以下でもかなり相続トラブルが起きている。億単位の遺産が絡むと、一筋縄ではいかないのではないか。だが、相続トラブルが持ち込まれたわけではないので、家裁調査官としては現時点では不必要に踏み込めない。

正好は軽く唇を舐《な》めると、にっと笑みを浮かべた。

「買ってもいない宝くじが当たることもあるんだな」

「宝くじという表現は……」

「まやかしのお悔やみなんか言いたくないね。ありがたい話だ。『失踪宣告』で死んでくれる親父に感謝しなきゃな。ま、実際はもうどこかでくたばってんだろうし、死が延びただけか。で、『失踪宣告』はいつ出る?」

「……申し立てがあってから調査して、その後は三ヵ月以上、裁判所の掲示板などで失踪者や周囲の人々へ呼びかけを行います。それでも連絡などがなかった場合、『失踪宣告』がなされます。半年はかかると思ってください」

正好は舌打ちした。

「半年か。長いな。ま、半年後に数億が手に入ると思えば、待つ喜びもあるか」

職分を越えて咎《とが》めようと思ったものの、彼が一瞬覗かせた、悲しみにも似た苦慮の表情を目の当たりにし、何も言えなかった。

──人間は一面的ではありませんから。意外と外から心は窺い知れないものです。自分で口にしたばかりの台詞が脳裏に蘇《よみがえ》る。

偉そうに諭しながら、自分自身、彼を一面的に見ていた。彼は彼で何かしら思うことがあるのかもしれない。母親共々家を追われたとしても、父親は父親なのだから。

「なあ」正好が言った。「兄貴や姉貴と話したんだろ。俺のことは何て言ってた?」

──父の失踪に後妻たちは無関係です。もう堂島家と接点がない人間ですから。

冷たい吐息を吹きつけるような美智香の声が耳元で囁《ささや》いた気がした。

「いえ、特には何も」

正好は小馬鹿にしたような笑いを漏らした。

「どうせ、俺に連絡しないように言ったんだろ。十七年会っていなくても、あの二人の考えることくらい、分かる。俺の知らないところで遺産を勝手に山分けする算段だったんだろ」

真壁は黙っていた。否定したところで──法的にそれはできないと説いたとしても、きっと嘘臭くなる。

「俺に会ったこと、二人には内緒にしておいてくれよ」

「……なぜ?」

「サプライズだよ、サプライズ。素知らぬ顔をしておいて、『失踪宣告』が出る直前に訪ねてやるのさ。遺産の取り分を寄越せ、ってな」

正好は、くっくっく、と愉快そうに笑った。そこには、相続人としての正当な権利すら嫌がらせじみた復讐《ふくしゅう》に利用する、歪んだ悪意が滲み出ていた。

真壁は言葉もなく、正好を見つめ続けた。

『失踪宣告』が滞りなく出たとき、何か不穏なことが起きるような気がしてならなかった。

4

「私なんかに話せることがありますかどうか……」

佐々原愛子は伏し目がちにつぶやいたきり、黙り込んだ。

真壁は清楚ないでたちの愛子を観察した。花柄の白いワンピース姿で、襟もきっちり閉じており、控えめな胸を完璧に隠している。両手はデスクの陰の膝上で重ねられているようだ。

挙動が妙に堅苦しく、私服で採用面接試験にやって来た女性——三十六歳だ——というイメージだ。家庭裁判所という場所がそうさせるのか、彼女の仕事柄か、あるいは性格的なものか。

堂島太平の血縁ではないものの、失踪当時、住み込みで世話をしていた彼女から話を聞かないわけにはいかない。堂島家のことには相当詳しいはずだ。

真壁は改めて『失踪宣告の申し立て』について説明した。愛子は若干眉を寄せ、小さくうなずいた。内容を理解したというより、協力させられることを観念したというように、どこか諦念が籠っていた。

「佐々原さんは当時堂島家で働かれていたそうですね」

さっそく話をはじめる。

「……はい」

年月くらいは続けて自発的に喋ってくれるかとも思ったが、一言の返事だけで会話が途絶えてしまった。まるで、堂島家の許可がなければどんな情報も漏らさない、と決意しているかのように。

「何年になりますか」

「……一年です」

「一年？　失踪前から働かれていたのでは？」

「そういう意味でしたら、八年です。旦那様が失踪されてからは、月に二度、館の掃除を行っているだけですから、堂島家で主に働いているわけではありません」

「なるほど。他の日は何をされているんですか」

「プライベートの過ごし方でしょうか?」

「いえ。仕事として、です」

「……料理教室の講師に戻りました」

「戻った? 戻ったというのは、前職が料理教室の講師だった、ということでしょうか?」

「はい。洋菓子が専門です」

「看護師ではなく?」

愛子は小首を傾げた。

「堂島太平さんは膵臓がんで臥《ふ》せっていましたよね。体調の管理などのために雇われたのかと思いました。お世話の内容はどのようなものだったんでしょう」

「お食事や掃除、話し相手など、生活全般です。美智香様は〝使用人〟とおっしゃいますが、まさにそのとおりです」

他の台詞同様、感情こそ表れていなかったものの、言い回しにはどことなく皮肉が込められているように聞こえた。彼女が初めて覗かせた胸の内かもしれない。

「堂島太平さんの体調管理はどのように?」

「家族が病人を気遣うのと同じです。私には専門的なことは何も分かりません」

「そうですか。どのような経緯で料理教室の講師から、その……」

のか。

愛子は目を細めるようにして宙を見つめた。追憶の眼差しが見つめているものは何なのか。

「……ある日、美智香様が他の奥様に連れられて教室にいらっしゃったんです」

「彼女とそれまでに面識はあったんですか？」

「ありませんでした。ただ、他の奥様方はご存じだったようです。立地のせいか、私の教室には、いわゆる〝セレブ〟な女性たちが来てくださっていましたから。手入れが行き届いたお庭があるようなお洒落《しやれ》な邸宅にお住まいで、ロココ調のようにデコラティブなフランスアンティークの家具や食器を愛用されていて、ペルシャ猫を愛《め》でられているような――。そんな方々です」

単なる比喩なのか、実際の生徒たちの生活ぶりを語ったのか、表情や口調からは判然としなかった。だが、上流階級の女性相手に講師をしていながら、〝セレブ〟に好印象を持っていないことだけは何となく伝わってくる。それは元来の感情だろうか、それとも、使用人として資産家の内側を目の当たりにして心境の変化があったのだろうか。

「美智香様は、私の出すアールグレイをお飲みになり、『いい紅茶を淹《い》れるわね。うちで働かない？』と。あまりに唐突でした。初対面の人間をその場の思いつきで雇い入れようなんて、セレブな女性の決断の早さに驚いたことをよく覚えています」

決断の早さ——か。自己中心的な傲慢さ、とでも表現したそうな口ぶりだった。

「佐々原さんはすぐに転職を決心されたんですか？」

「もちろん違います。料理教室の講師と、個人宅の使用人では、仕事内容があまりに違いますし、ましてや膵臓がんに侵されたご老人の身の回りのお世話なんて、とても務まるとは思いませんでした。私は洋菓子の作り方を生徒さんたちに教えて、一緒に午後のお茶を飲む——。そんな毎日に満足していましたから」

「では、なぜ？」

愛子は指を無意味に撫《な》でるようにした。少し神経質な仕草にも見える。

「……雇用の条件が良かったからです。講師の倍額を提示され、『父を看取《みと》った暁には、あなた名義の教室を持たせてあげる』と言われました」

それは破格の条件ではないか。美智香がなぜ彼女をそこまで見込んだのかは分からないものの、倍額と教室を提示されたら、愛子が老人への一時的な奉仕と割り切って引き受けるのも無理はない。

「今はそのご自身の教室で講師を？」

愛子はしばらく指をもてあそんだ後、爪を握り込むように拳を作った。

「教室はいただいていません」

「遠慮されたんですか？」

「いいえ。看取っていないから、だそうです」

教室を持たせる条件は、堂島太平を看取ったら、だった。だが、彼は失踪してしまった。そんな言葉遊びのような理由で約束を反故《ほご》にされたのか。不可抗力の事情で、ずいぶん酷な話だと思う。

「納得されているんですか?」

「……仕方ありません。契約書を交わしたわけじゃありませんから」

契約書――か。

彼女の口から出てくるにしては、どこか不釣り合いな気がした。たぶん、美智香からそのように突っぱねられたのではないか。

愛子の表情を見るかぎり、胸の奥底で燻《くすぶ》っている感情がありそうだ。

「堂島太平さんはどのような生活をされていましたか」

愛子はまた小首を傾げた。

「どのような?」

「はい。一年間世話をしていたわけですから、貴彦さんや美智香さんより彼の日ごろの様子にお詳しいのではないか、と」

「……そうですね、貴彦様も美智香様も、滅多に訪ねてこられませんでしたから。それぞれ、片手で数えられるほどでしょうか」

口調には批判的なニュアンスが交じっていた。一年とはいえ、看護師でも介護福祉士でもないのに、認知症で膵臓がんの老人をたった一人で世話してきたのだから、小一時間では語れない苦労や不満があるのだろう。

「貴彦さんや美智香さんのお話だと、堂島太平さんは気難しく、傲慢な性格だったということですが、どうでしたか」

「……お二人が訪ねてきたときは、〝親不孝者〟と口癖のようにおっしゃっていました」

「それはなぜ？」

「お金の無心ばかりだったからです。そのくせ、体調を気遣うわけでもなく……」

「二人共、仕事は順調なのに、まだお金が必要だったんですか？　貴彦さんは外車のコレクションが趣味という話でしたし、美智香さんは新しく支店を出すらしいので、その資金かもしれないですね」

「お二人がそう話したんですか」

愛子の唇が緩み、嘲笑の色合いを帯びた。清楚な顔立ちが引き立つような薄化粧を施している彼女のその笑みは、ギャップのせいか、高慢そうな美智香が他人を見下すときの表情よりも、ぞっとする怖さを秘めていた。

「見栄っ張り」

吐き捨てられた一言に、真壁は耳を疑った。節度を保っていた使用人の彼女には似つかわしくない罵倒の一語――。

「……実際は違うんですか」

「お二人共、事業は火の車です。美智香様は、アンティーク家具の買い付けで偽物を掴まされたあげく、その責任をマネージャーにおっ被せて恨まれ、大金を持ち逃げされました。支店なんて大嘘です。神奈川の一等地に構える本店すら――あっ、支店がないのに〝本店〟なんて表現も変ですね――そのお店すら、経営難で潰れそうです。貴彦さんは未公開株の詐欺に遭い、一億近い大損を出しています。無心を旦那様に突っぱねられて、外車を何台か売りに出したそうです」

聞いていた話と実情が違いすぎた。上流階級で優雅に生きる二人の立派な外見が虚飾に思えてきた。

「旦那様は、特に貴彦様に失望されていました。お前には株の才能はない、私の息子ではない、愚か者には金の援助などせん、と怒鳴り散らされていました」

未公開株――。

『ここだけの話なんだけどね、あの会社は上場間近だから、今のうちに未公開株を買えば大儲《もう》けできる』などとそそのかされ、鵜呑《うの》みにして大金を投じてしまう被害者は決して少なくない。詐欺師は、巧妙に〝爆上げ確実な未公開の株の情報〟を持っているように見せかけ、近づいてくるのだ。

貴彦も引っかかった口なのだろう。

トレーダーなのに素人のように株で騙された息子——。昭和の大物相場師・堂島太平としては、情けなく、みっともなく、許し難かったに違いない。

「旦那様に怒鳴られているときの貴彦様の目、父親であろうとも刺し殺しそうなほどでした」

恐ろしいことを平然と言う。

だが、愛子の目は笑っていなかった。

「どうか、『失踪宣告』は出さないでください。旦那様の失踪には何かあります」

5

——現在——

——父さんが生きてる。

リビングに駆け込んできた兄の台詞は、呪いの言葉のように頭の中で反響し続けていた。

大崎正好は兄の説明を待った。気密性の高い構造でも遮れないほどの土砂降りの雨音が、容赦なく響いている。稲光が瞬いた次の瞬間、外壁を叩《たた》くような雷鼓が炸裂《さくれつ》した。

つくづく悲報に相応しい夜だ。

親父が生きている――？

全員の視線を一身に浴びている兄は、呼吸を整えると、愛子を一睨みした。

「君は外してくれ。身内の話だ」

愛子は分をわきまえているらしく、一礼し、ワンピースの裾を翻してリビングを出て行った。

装飾的なレリーフが彫られた重厚なドアが閉められると、兄はヴィクトリアン風のチェアを引き寄せ、腰を下ろした。楕円《だえん》形の大理石の天板が張られたローテーブルにパソコンを置く。

「ねえ、お父さんが生きてるって何なのよ！」

姉が焦れたように金切り声を上げた。

気持ちは分かる。誰もがこの日を指折り数えて待っていたのだ。それぞれに億の遺産が手に入るこの日を――。

「……お前ら、『こじんブログ』って知ってるか」

兄が訊くと、姉は鼻を鳴らした。

「馬鹿にしてんの？　ブログくらい分かるけど？」

「〝ブログ〟の意味じゃなく、『こじんブログ』を知ってるか、って訊いたんだよ」

「はあ？　ブログってほとんど〝個人〟が好きでしてるもんでしょ。どう違うわけ？」

兄はパソコンを開いた。スリープモードを解除する。

「見ろよ」

脚を組んだままチェアに座っている姉は、兄の視線をしばらく受け止めた後、ため息を吐き出した。

億劫そうに腰を上げた姉は、ワイングラスを手に取ると、ローテーブルを回ってきた。

正好は姉と一緒に画面を覗き込んだ。表示されているのは、誰かのブログのようだった。上部には葬儀を連想させる白と黒のデザインで『故人ブログ』とタイトルが付けられている。

隣を窺うと、姉が顰めっ面をしていた。

「ああ、〝故人〟ってこっちの字……。何なの、この縁起でもないタイトルのブログ」

「見てのとおりだ」

兄が画面を少し下にスクロールした。記事のタイトルが並んでいる。だが、それは普通ではなかった。

『剱岳《つるぎだけ》で滑落死した大学生のブログ』

『白血病と闘い続けた女子高生の闘病記』

『飲酒運転で交通事故死した政治学教授のツイッター』

『口論相手に刺殺された自称・評論家のツイッター』

『雪崩《なだれ》で死亡した登山家のブログ』

『突然死した漫画家の公式ブログ』

『いじめで自殺した新社会人のフェイスブック』

『旅行先で強盗に射殺された夫婦のブログ』

　正好は兄の顔を見返した。

「これは一体……」

「現代人はさ、大勢がＳＮＳとかをしてるだろ。ウェブサイト、ブログ、ツイッター、フェイスブック――。誰もが自分の私生活や趣味や思想を公開してる。当然、書いている本人が死んだら更新はそこで止まるわけだ。『故人ブログ』ってのは、そういう、本人の死で更新が止まったコンテンツを集めてるブログなんだよ。死因もソース付きで紹介してる」

「何だか悪趣味だな……」

　要するに、こんな理由で命を落とした人間は生前にこんな言葉を発信していましたよ――と永遠に拡散されているのだ。自分なら、死んだんだからそっとしておいてくれよ、と思う。

「一応、『故人ブログ』の趣旨としては、無念の死を遂げた人の生きた証《あかし》を保存している、ってことらしい」

「で、それと親父にどんな関係が？」

「まあ、まずはこれを見ろ」

兄はカーソルを下げていき、『前へ』をクリックした。『故人ブログ』のページを六年半前まで遡っていく。そして指差した記事のタイトルは――。

『昭和の大物相場師、膵臓がんの闘病日記』

名前がなくても父のことだと分かる。昔、父の病気に触れた小さな記事――堂島太平氏、膵臓がんをブログで告白、というようなタイトルだった――をネットで見かけた。母と共に家を追い出された身だったので、同情の気持ちは薄く、薄暗い喜びの感情が湧き起こったのを覚えている。

傲慢な人でなしに天罰だ、自業自得だ――と。

正好は兄に視線を移した。

「親父のブログが登録されてるんだな」

「ああ。『故人ブログ』は〝申請方式〟なんだよ。ブログの運営者に、ブログのアドレスと本人の死亡を証明するソースを送るんだ。たとえば、死を伝えた新聞記事とかな。で、死亡が認定されたら登録される」

「誰かが親父の闘病ブログを報告したってことか」

「……俺だ」

「は?」

「俺が申請した。身内からの申請は初めてだったらしいが、そのおかげか、簡単に掲載されたよ。後で生存が判明したらサイトから削除する、という条件でな」

膵臓がんに侵された父が行方を晦ませたのは、約七年半前だった。兄がテレビで呼びかける姿を目にした。

『父さん! 一体どこで何をしてるんだ? 帰ってきてくれ!』

兄は憔悴《しょうすい》した面持ちだった。もちろん、兄の性格を知る弟としては、滑稽な演技であることは分かっていた。

違法な手段も辞さず株を操る相場師として財を成した父は、世間から嫌われていたものの、さすがに家族の悲痛な訴えは同情を買ったらしく、最初は野次馬的好奇心で報じていたメディアも次第に論調を変えた。誘拐の可能性を疑い、一時は騒然とした。一度、警察が訪ねてきたこともある。父に恨みを持つ元妻とその息子――という立場だから疑われたのだろう。形式的な質問、という建前の裏に隠された本音は、尋問じみた言葉の端々に感じられた。

疑われるメリットは何もないにもかかわらず、わざと挑発的かつ露悪的に振る舞ったことを覚えている。

もちろん、絶縁状態の父のことは全く知らない。メディアで報じられていた情報以外は。

身代金の要求などはなかったようで、時の経過と共にメディアの話題は別のニュースに移っていった……。

「で、この『故人ブログ』が何なんだ？」

兄は今や冷静の仮面を投げ捨てていた。忌々《いまいま》しげに顔を歪め、舌打ちする。

「……父さんのブログが更新されたんだ。サイトの管理者からメールが届いてな。身内のしたことじゃなかったら、死んでないってことだし、登録削除も検討する、ってさ」

父がどこかで生きている可能性がある、ということか。

兄が『故人ブログ』に父のブログの登録を申請したのも、少しずつ〝死の既成事実〟を積み重ねようとしたからに違いない。表向きは父の生存と帰宅を願いながら、内心では死を待ち望んでいたのだ。

兄が父のブログをクリックした。


『私はまだ生きている』

シンプルなタイトルに、宣戦布告に似たものを感じた。一昨日の年月日が表示されている。前回の日記の日付は七年八ヵ月前だから、長年死んだように停止していたブログがなぜか今になって動き出したことになる。

「内容は――」

正好が訊こうとしたとき、掛け時計がボーン、ボーン、と重厚な音を鳴らした。反射的に顔を向ける。長針と短針が重なって12を指していた。

「ほら、十二時！」姉が目を輝かせ、歓声を上げた。「これでお父さんは死んだでしょ。遺産が――」

「いや」兄がかぶりを振る。「駄目だ」

「何でよ。これで公示催告の満了でしょ。もう時間切れ」

「ブログの存在は家裁に密告があった。さっき、あの調査官からメールがあったよ」

「はあ？」姉はゴキブリの大群でも目の当たりにしたように、嫌悪と怒気が剝き出しの顔を見せた。「誰よ、そんな余計なまねした奴！」

「さあな。女の声だったらしい。たまたまブログの存在を知った善意のつもりの第三者か、父さんの行方を知っていた人間か。何にしても、現時点での『失踪宣告』は白紙になった」

姉は毒々しい血の色の唇を震わせた後、ワイングラスを床に叩きつけた。希望と同じく粉々に砕け散り、暗澹《あんたん》たる気持ちを表すように真っ黒いシミが絨毯に広がっていく。

一体何万円がバラバラになったのだろう。自分ならどんなに腹立たしくても冷静な部分がどこかにあり、万単位の高級品には絶対に当たり散らさない。

貧乏性だな、と思う。兄や姉とは金銭感覚が違うのだ。だからこそ、自分にとって遺産は人生を大逆転させる〝宝くじ〟だった。

「愛子！」

姉がドアに向かって怒鳴り声を上げた。数秒の間を置き、ドアがノックされた。

「早く！」

ドアが開き、愛子が入ってきた。三人の顔を見回す。

姉は顎の動きで絨毯の惨状を示してみせた。愛子は理解したらしく、そそくさと駆けつけ、膝をついた。姉の前で土下座するような格好でガラスの破片を集めはじめる。

その光景はまるで女王と奴隷だった。

こんなふうに他人に頭を下げ、他人に跪《ひざまず》く人生はごめんだ。三億円があればそんな人生とはおさらばできるというのに――。

まさか今になって――『失踪宣告』の直前になって、それが泡のように消えてしまうとは。

姉はアームチェアに腰を落とすと、コーヒーテーブルに手のひらを叩きつけた。銃声のような破裂音が響くも、愛子は顔を上げず、黙々と後片付けをしていた。たぶん、慣れっこなのだろう。彼女の苦労は想像に余りある。

「なにが『故人ブログ』よ。馬鹿馬鹿しい！」

兄は深呼吸すると、平静を装った。

「現実を受け入れて対策を練るしかないだろ」

「対策もなにもお父さんが生きているなら——そうよ！」姉はカッと目を見開いた。

「そもそも、お父さんは生きてるわけ？」

「ん？」

「だって、ブログが更新されただけでしょ。膵臓がんだったんだから、生きているはずがない。第三者の仕業でしょ、絶対」

「そうだとしても、父さんのブログのパスワードを知っているとしたら、かなり深い仲だし、行方不明に関わっていた人物かもしれない。正体を突き止めなきゃ、何もはじまらないぞ」

姉は朱のネイルを施した親指の爪を嚙み、ぶつぶつと何かをつぶやいた後、吐き捨てた。

「すんなり家で死んでくれていたら、こんなに待たなくてもよかったのに……」

『失踪宣告』の制度を知った今なら、姉の言いたいことは分かる。

父が無事に病死すれば、その時点で遺産が手に入る。だが、父が失踪したことで状況が変わった。遺産が欲しければ、『失踪宣告の申し立て』ができるまで七年も待ち、さらに約半年の調査期間を経なければいけない。

兄がみっともないのを承知でテレビに出演し、父の行方不明を訴えたのも、二人が探偵まで雇って必死で行方を捜したのも、一刻も早い遺産相続のためだ。七年半も待ちたくなかったのだ。

二人は探偵社に相当な額を払ったようだが、父が見つかれば、七年半も待たずに数億が手に入るのだから、依頼料くらいは必要経費だと割り切ったのだろう。

比較的若い家裁調査官は、兄や姉のどす黒い計算を読み取れず、テレビ出演も探偵社への捜索依頼も失踪者の家族の必死な行動だと誤解していた。

「あたしたちをどれほど苦しめたら気が済むのよ！」

姉は、父の失踪は、子供たちに遺産をたやすく相続させたくない嫌がらせだと考えているのだ。実際そうなのだろう。独善的で傲慢なあの父ならやりかねない。

「なあ兄貴」正好は言った。「親父のブログ、読ませてくれよ。何が書いてあったんだ？」

姉が跳ねるように立ち上がった。

「そうよ！　ブログ！　大事なのは内容でしょ。今さら更新したんだから単なる闘病日記じゃないんでしょ?」

「全世界に公開されてんだから、内容次第じゃ、面倒なことになる。だろ?」

「……すでになってる」兄が答えた。「プライバシーに配慮したつもりか、個人の名前は出さず、一般名詞やイニシャルを使っているが、誰が誰か一目瞭然だ」


『私はまだ生きている』

今は死に抗《あらが》いながら一日でも長く生きようとしている。

私は一体いつまで生きられるだろう。

体を蝕《むしば》んでいくがん細胞をイメージするたび、残された時間の短さを実感する。

薄情な長男や長女と違い、A子は赤の他人にもかかわらず、私の世話をしてくれる。

遺産目当てのような打算が感じられたら、私は決して心を開かなかっただろう。

私がA子のおかげで生きているのは事実である。彼女には本当に感謝している。

孤独な地獄から救い出してくれた。

私の死を待ち望んでいないのは、A子だけだ。

金のあるなしで人間性を決めつけるつもりはない。貧すれば鈍する、を地でいく人間もいるし、貧しさが犯罪を生むケースも山ほど見てきた。だが、金に困らないからといって幸せな最期を迎えられるとはかぎらないのだ、と私は思い知った。

私は夜が怖い。眠ってしまったらこのままもう二度と目覚めないのではないかと想像するたび、発狂しそうになる。矛盾しているようだが、眠っているあいだに逝けるなら、それはそれで幸せかもしれぬ。

相反する感情がせめぎ合うのに疲弊すると、いつの間にか眠りに落ちている。

夢は久しく見ていない。

毎日薄暗い部屋の中で目覚めるとき、言い知れぬ不安に苛《さいな》まれる。朽ち果てようとする肉体から魂が――〝自分〟が消えてしまうことを想像する。

絶望に打ちのめされている中、手に温かな感触があった。暗闇に慣れた目を向けると、Ａ子が私の手を握り締めてくれていた。

彼女は子守唄のように「大丈夫ですよ」と繰り返している。

Ａ子の存在があるからこそ、私は死の間際でも精神を保てている。彼女は本当に献身的で、余命わずかな私を想い、尽くしてくれる。金で雇われただけの世話人のようなよそよそしさはなく、まるで長年の連れ合いのように。

もし、後妻を追い出していなければ、どんな人生があっただろう。

私はなぜ後妻を信じられなかったのか、悔やみ続けている。

捨てた妻子を気にし、連絡を取ろうと試みたこともある。だが、元来の猜疑《さいぎ》心や頑固さが災いし、実行には至らなかった。彼女が先に私を裏切ったと思い込むことで、私は自己を正当化した。

私は間違っていたのだろうか。

A子の声と温《ぬく》もりを感じながら暗闇に包まれていると、思考も散漫になっていき、また意識が融《と》けていく。


耳に忍び込んでくる心地よいBGMは、包丁がリズムよくまな板を打つ音だった。

私は目を開けると、台所に立つA子の後ろ姿を眺めた。長い黒髪をゴムでくくり、朝食を作っている。

A子がテーブルに並べた朝食を摂《と》る。味などはほとんど分からず、栄養摂取のためだけの食事だ。

「……今日は食えん」

吐き捨てて箸を置いても、A子は嫌な顔も見せない。まるで私の舌に合わない食事を作った自分のせいだ、と言わんばかりに、申しわけなさそうな顔をする。

A子のその表情は私の記憶を刺激し、ずいぶん昔のある日のことを思い出させた。

膵臓がんで外出が困難になるまでの私は、外食ばかりしていた。貧しかった少年時代の鬱憤を晴らすかのように、都内の一流レストランや料亭を常用した。大衆食堂に馴染《なじ》んでいた舌も、高級食材でしか満足できなくなり、それが当たり前になっていた。

病でずいぶん前に先立った先妻の料理も、後妻の料理も、食べたことがない。

いや、その表現は適切ではない。記憶を探ってみると、一度だけ口にしたことがあった。あれはいつだったか。何かの記念日だったような気がする。

「たまには家でお祝いしませんか」

後妻がそう言った。私に何かを提案するなど滅多にない彼女の頼み事だから、たまたま上機嫌だった私は気まぐれで了承した。予約していたレストランにキャンセルの電話を入れさせ、真意は何だろうかと想像を巡らせた。

彼女は私の顔色を窺いながら「手料理を食べてほしいんです」と言った。

思いがけないお願いだった。

耳を貸してやるのも一興かと思い、私は言った。

「まずかったらまずいと言うからな」

あらかじめ覚悟しておいたほうがショックも少なくてすむだろう、と思ったからだったが、彼女は逆に表情をこわばらせた。包丁を握る手に緊張が見て取れた。

なぜ急に手料理なのか。

妻の背中に理由を問うと、昔から料理が得意だったという。

そもそも、素人に一流の料理人の味を出せるはずもなく、私が満足することなどありえないのは自明なのに、むざむざプロと同じ土俵で勝負する必要はない。

知り合いが『台所は女の仕事場だ。料理は妻の役目だ』と言うたび、この男の舌はずいぶん安っぽいに違いない、と私は呆《あき》れたものである。料理こそ男の世界ではないか。日本全国——いや、世界各国、一流レストランの大半は男がコックをしている。女のシェフというだけで注目されるのは、単に物珍しいからに他ならない。

だから、私は妻に料理をさせたことがない。館の清掃も業者を雇えばすむ。

ある日、誰かが言った。

——それじゃ奥さんは息が詰まるだろ。可哀想だ。

当然、私は反論した。

何不自由ない生活を送らせてやっているのに、不必要な雑務を欲しがるはずがないではないか。

私は他の資産家連中のように愛人も作っていない。銀座や六本木《ろっぽんぎ》にある高級クラブで札束をばら撒いたこともあるが、その場かぎりの会話を楽しむ空間で無粋な要求はしなかった。そもそも女遊びに興味がなかったのである。私にとっては、分刻みで千変万化する株の動きのほうが何百倍も面白かった。株は生き物で、勝負していると、ひりつく緊張感と高揚感に支配される。これほどの娯楽が——人生そのものを懸ける娯楽があるだろうか。

何にせよ、妻は手料理を作った。

味は――明々白々たる事実として、分かり切っていたことだが、私が常日ごろ口にしている料理には及びもつかなかった。もちろんまずかったわけではなく、自ら提案しただけはあり、それなりの体裁は整っており、食べようと思えば食べられた。だが、彼女の手料理は貧乏だったころを想起させる味だった。

私にはそれが耐え難かった。

貧しさは地獄だ。記憶の彼方《かなた》に放り棄《す》てたい過去だ。だから、二、三口食べた私は彼女に言った。

たった一言。

――レストランを再予約しろ。

彼女の顔がさっと青ざめた。私はその反応に思わず笑いを漏らし、柄にもなく励ましの言葉を口にした。

――プロと比較して劣るのは恥ではない。

彼女はしばらく絶句した後、うなだれたまま「そうですね……」と答えた。

励ましたつもりの私は一体何が気に食わないのか、分からなかった。

餅は餅屋に任せたほうが効率的で、無駄もなく、安心と満足を得られるというのに――。

Ａ子と後妻を重ねた私は、今さらながら罪悪感を抱き、再び箸を取った。

思えば、財を成してからの人生、他人に対して遠慮や気遣いなど、一度もしたことがない。周りには私の人脈と金を目当てに群がってくる者ばかり。類は友を呼ぶ、と言えばそのとおりかもしれないが、心から信じられる者は一人もいなかった。

金に生き、金に死ぬ――というのも、〝昭和の大物相場師〟として名を馳《は》せた私に相応しい人生だと割り切っていた。だが、膵臓がんが発覚し、死を現実として意識したとき、初めて空虚さを感じた。

私が一生を費やして築き上げてきたものは一体何なのか。

残された時間で私は何ができるのか。

食事が終わると、A子は台所で皿洗いをはじめた。

彼女の存在はしばしば後妻を思い出させる。年齢も違うし、外見も似ていないが、身に纏う雰囲気だろうか。もし私が人を信じる心を持っていたならば、違う最期があっただろう。

だが、〝時〟というものは残酷で、どんな生物にも等しく流れ、決して巻き戻せない。

私は長時間起きていることもできず、布団に横たわった。彼女が皿洗いを終えたタイミングで「脚がつらい」と呼びかける。

A子は跪き、むくんだふくらはぎを揉んでくれる。看護の専門家でもないのに、顔を汗だくにしながら、何十分も――あるいは一時間以上も。

献身——という表現がよく似合う。

長男も長女も、私の肩一つ揉んだことがない。もっとも、膵臓がんを患うまでは、一般的な親孝行など望まなかったし、切り出されても他意を疑っただろう。

死を前にした老人の我がままかもしれないが、今では他愛もない親孝行が羨ましくもある。

私には死に際に縋《すが》れる家族の思い出のようなものが何もなく、だからこそ、A子の献身が骨身に沁《し》みる。

マッサージを受けているうち、少しずつむくみがましになり、自分の意思で軽く動かせるようになってきた。

A子は私の手を取ると、親指と人差し指の骨の付け根周辺をぐっと押しはじめた。じーんと痺《しび》れるような感覚がある。

「〝合谷《ごうこく》〟っていうツボなんですよ」とA子はマッサージする私の手をじっと見つめながら説明した。「万病に効く万能のツボで、科学的にも効果が証明されているとか」

押されている部分に意識を集中すると、とろけるような感覚が全身に広がっていくようだった。気休めや偽薬《プラシーボ》効果だとしても、今の私にはありがたかった。A子は私のためにツボの本を購入し、それで勉強したという。

「刺激すると、脳内でエンドルフィンが分泌されて、麻酔が効いたように痛みが和らぐそうです」

私は目を閉じ、心地よさに身を任せた。彼女がいなければ、私はもっと苦痛にまみれた最期を迎えていただろう。

夜になると、A子はいつも私の上着を脱がせ、体をタオルで拭いてくれる。

私はされるままにし、口を開いた。

「お前だけだ、私に尽くしてくれるのは」

私らしくなく、それは弱々しく響いた。

私はA子の顔を見つめた。彼女はしばし沈黙した後、感情を込めずに言った。

「……あたしはお金目当てで世話をしているわけじゃありませんから」

彼女がなぜそんな台詞を口にしたのか、私には理解できた。私は分かっていると伝えるために黙ってうなずいた。

私はどんな人生を望んでいたのか。金を稼ぎ、資産を増やすだけ増やし、心から信頼できる人間関係は築いてこなかった。本音を喋っているように見せ、その実、誰にも心を開かなかった。

「……金があっても必ずしも幸福とは言えないのだな。私は贅沢だと思うか?」

A子は少し考える顔をした。最初はオブラートに包む方法を考えているのかとも思ったが、どうやら真剣に答えを探していたらしく、表情は大真面目だった。

「孤独は不幸です」

孤独——か。

「思えば、金に執着する人生の中、大事なものを見誤り、多くの人間を無用に傷つけてきた。孤独死は天罰かもしれぬ」

Ａ子は沈痛な顔を見せていた。

「あたしが——あたしが看取ります。あなたを」

赤の他人であっても、自分の最期に誰かがそばにいてくれる、というのはこれほどありがたいことなのか。

「お前は私を見捨てないでくれ」

私は恥も外聞も忘れ、Ａ子に縋りついた。柔らかな肉に顔を埋《うず》め、「頼む」と何度も懇願した。

背中を撫でる手のひらの感触——。

Ａ子がつぶやくように言った。

「……孤独死はさせません。決して」

6

ときおり雷鳴が交じる雨音の中、ブログを読み終えた正好は、横目で姉の顔色を窺った。彼女は血の色の唇を噛み、般若《はんにゃ》の形相で液晶を睨みつけている。拳はわなわなと打ち震えていた。

「愛子！」

姉の怒声が飛ぶ。

細かな破片のチェックをしていた愛子が飛び上がるように身を起こした。普段の叱責とは違うことを察したらしく、臆病な小動物を思わせる顔をしていた。

「あんた、どういうつもり？」

今にも短剣で刺し殺しそうな口調だった。愛子は目をしばたたかせている。

「あたし、お父さんをたぶらかせって命令した？」姉は顎をしゃくってパソコンを指し示した。「見なさいよ」

愛子は立ち上がると、恐る恐るというていでパソコンに近づいた。画面から幽霊でも這いずり出てくるのではないかと怯《おび》える表情で――。

父のブログに目を這わせるにつれ、彼女の顔が蒼白《そうはく》になっていく。

驚愕《きょうがく》の顔つきで姉に向き直る。

「わ、私、知りません！　こんなの、嘘です！」

必死の否定だった。だが、姉は言い逃ればかりの犯罪者を断罪する冷酷な処刑人のような表情を浮かべた。

「お父さんがわざわざ嘘を書くメリット、ある？」

「そんなことを言われましても……私、旦那様とこんな会話をしたこと、絶対にありません。本当です」

「父の世話してたの、あんただけでしょうが。それとも他の人間に任せてたってわけ？」

「い、いえ」

「全部が全部、創作だって言ってるの？」

「……旦那様が望まれましたから、マッサージはさせていただきました。食事もお作りしました。でも、こんなブログの最後に書いてあるような話はしていません」

「あんた、父からいくら受け取ったの？」

「私はお金なんて、受け取ってません」

「嘘おっしゃい！　そういえば、あんた、父が失踪してから金回りがよくなってたわね。身に着けるアクセサリーやネイルが派手になって」

愛子の目が泳ぐ。

「あれは——」

「何？」

「いただいたお給料で奮発して——」

「あんな贅沢できるお金、なかったでしょ」

姉は手を振り上げた。愛子が目を閉じたとたん、強烈な平手打ちが飛ぶ。乾いた音に続き、彼女の顔が横ざまに弾《はじ》ける。

「使用人のくせに立場をわきまえず……看取る見返りにあたしたちの遺産を横取りしようと目論んでたんでしょ。ほんと、飼い犬に手を噛まれたわ」

愛子は絨毯を睨んだまま黙り込んでしまった。

姉は鼻息荒く肩を上下させている。

兄が「あるいは別の可能性もある」と言った。

全員の視線が集まるのを待ってから兄は説明した。

「父さんの策略かもしれない。愛子に受けた世話を誇張して書いておけば、彼女に遺産を遺贈する行為も正当化できるだろ。俺らが裁判沙汰にしても、『身内が冷淡な中、彼女はこれほど献身的に尽くしたのだから、故人が遺産を遺贈したいと願うのも無理はない』なんて判決が出て、全額を取り戻すのは難しくなる」

なるほど、そのような意図があるなら、愛子の働きを実際以上に献身的に書く理由も分かる。

遺産は簡単にはくれてやらないぞ――ということか。

「とにかく」兄が言った。「このブログの存在は厄介だ。対処が必要だ」

姉が怒りを孕《はら》んだ目を向ける。

「分かってるわよ、そんなこと。記念日にこんなブログを読まされて……おかげで遺産相続が先延ばしになって……」

「もし注目を浴びたら、遺産を巡るお家騒動として面白おかしく報道されかねない」

正好は思わず笑みをこぼした。

お家騒動――か。

十七年半前に堂島家を追われた身としては、当事者でありながらどこか他人事《ひとごと》で、どす黒い愉悦が湧いてきてしまう。

とはいえ、遺産で右往左往しているのが兄や姉だけの話なら痛快ではあるが、自分も当たり籤《くじ》を隠されるようなまねをされているのだから、せせら笑っている場合ではない。

父の意図が何であれ、死を証明し、遺産をいただくのだ。それは正当な権利だ。理不尽に家を追われた人間には――母はその理由に関しては何も教えてくれなかった――、喉から手が出るほど欲する大金だ。

「で、どうする?」正好は訊いた。

「ブログの更新停止が可能かどうか、専門家に相談する。それから——発信者の特定が重要だ。それが父さんじゃなきゃ、『失踪宣告』は問題なく行われるはずだからな」

「そうね」姉がうなずく。「一刻も早く手を打ちましょ。七年半も待たされて、これ以上、耐えられない。遺産がなかったら、あたしのお店はもう……」

「俺だって同じだ。火の車だし、コレクションだって何台売ったことか」

正好は苦笑した。

皮肉なことに、父の遺産のために全員が結束しつつあった。

7

数日後、夜の闇が深まったころ、正好は着替えを取りにアパートへいったん帰宅した。あてにしていた遺産が凍結してしまった。

どうしたものかと思い悩みながら、錆《さ》びて軋む鉄製階段を一段一段上っていく。

廊下を通り、角部屋の二〇六号室のドアの前に立つ。鉛を含んだように重いため息をつく。

鍵を差し込んでドアを開け、玄関に踏み入った。後ろ手に閉めようとしたとき、途中で引っかかった。

え？　と思いながら振り返ると、ドアに誰かの指が掛かっていた。ドアが開いていく。

廊下に立っていたのは、サングラスをかけた短髪の男だった。ストライプのスーツを着込んでいる。大きく開いたシャツの襟から胸元が覗き、光り物が輝いていた。右手にはダイヤの指輪。

「相葉《あいば》さん……」

「飛んだのかと思ったぞ」

「いや、そんな、まさか……」

正好は媚を含んだ笑みを返した。

「それとも、これから荷物を纏めんのか？」

「ち、違いますよ」

「――じゃあ、金はできたんだよな？」

「それが……」正好は目を逸らした。「想定外の事態で……」

強烈な破裂音が鼓膜に炸裂し、正好はびくっと顔を向けた。相葉の手のひらがドアに叩きつけられていた。

「あ、あの……近所迷惑なんで……勘弁してください」

「借りた金、返さねえ奴が体裁とか気にしてんなよ！」

「返さないわけじゃ……」

「四百五十万。耳を揃えて返すって話だったよな？　懇願するから特別に二日間、待ってやったんだぜ。それなのに一週間近くバックレやがって」

「返せるはずだったんです。でも、事情が……もう少し待ってください」

相葉は肩に手を回し、耳元に顔を近づけてきた。

「先週はずいぶん立派な啖呵《たんか》を切ったよなあ？　四百五十万くらい、叩き返してくれんじゃなかったのか、え？」

正好は言葉もなく、床を睨み続けるしかなかった。

母親が病死した後、自暴自棄になって泥酔し、キャッチに捕まって足を踏み入れたのが非合法なギャンブルだった。最初こそ大勝ちしたものの、勢いは長く続かず、次第に負けが込むようになった。意地になってしまい、気がつくと『廻銭』——所持金を失った客が借りる金だ——にも手を出していた。

熱くなり、何度も通ううちに暴利の借金は膨れ上がった。利息を含めたその額、四百五十万。

相葉は借金取りのチンピラだ。

四百五十万も返済できるわけがなく、毎月利息分だけ払っていた。元金は一向に減らず、返済が遅れるようになった。そんなとき、堂島家の遺産の話が舞い込んできた。半年、待ちに待ち、先週は執拗な取り立てに現れた相葉に言い放った。

――明後日になったら纏めて叩き返してやる！

遺産全額がその日に手に入るとは思っていないが、父が死んで相続さえ決まれば、数百万円くらいは何とでもなると考えていた。

だが――。

父のブログが動き出し、『失踪宣告』が先延ばしになってしまった。

正好は相葉に部屋の中へ押し込まれた。

「返済計画、一緒に考えようじゃねえか」

押し入られる形になり、正好はふらふらと部屋に進み入った。相葉は座卓に放置されたポテトチップスの空袋《からぶくろ》を払い、そこに尻を落とした。

「おら、座れよ」

「は、はい……」

正好は座卓の前に正座した。相葉に見下ろされる。

「おいおい、自分の部屋だろ。堅苦しいな。崩せよ」

素直に従っていいものかどうかためらったすえ、あぐらを掻いた。

相葉は満足げに薄笑いを浮かべると、両脚を大きく広げた。電車なら二人分はスペースをとる座り方だ。サングラスを外し、スーツの胸ポケットに引っかける。

「さあ、教えてもらおうか」

「……お、教えるって?」

「金が入るあての話だよ、あての。四百五十万も入るあてがあったんだろ?」

「いや、それは——」

正好は言いよどんだ。

三億円もの遺産が手に入る予定だと知られたら、食いものにされる。いや、それどころか、手に入れた数日後には東京湾に沈められたり、交通事故に見せかけて消されたり——。

強奪されるだろう。

遺産の話は絶対にするわけにいかない。

「おら、何とか言えよ」

相葉が床を踏み鳴らす。

「……親戚を頼ったんです」

「へえ?」

「な、何ですか」

「どの親戚だよ」

「どのって……親戚は親戚です」

「四百五十万も出してくれる親戚がいんのかよ」

「その親戚もつてを頼って集めてくれたんです」

「じゃあ、何で払えねえんだよ」

「……掻き集められなかったみたいで。予定が狂いました」

「努力したんなら、いくらかは集まっただろ。百万か？　二百万か？」

正好は言葉に詰まった。膝頭を握り締めていた手の指が落ち着きなく蠢《うごめ》きはじめる。

「実は一円も……」

「そりゃ変だろ。一人から全額引っ張ろうってんじゃなけりゃ、いくらかは集まるはずだろ。それがないってことは、何かでかいあてがあったんじゃねえか、おお？」

相葉は抜け目がなかった。

目が泳ぐのを避けられない。視線を戻したとき、心の奥底を見透かすように凝視する相葉の目とぶつかった。

「何か隠してんだろ、お前」

「いや別に――」

「どんなあてだよ」

「本当に親戚なんです。信じてください」

「あんな啖呵の切り方、ぜってえ違うだろ。何をあてにしてた？　言ってみろよ、相談乗ってやるから」

金の匂いを犬並みの嗅覚で嗅ぎつける。

「いや、あてはなくなってしまって……もう相談の必要とかは……」

「嘘つけ」相葉は感情の籠らない口調で言った。目だけが異様に据わっている。「お前、さっき、もう少し待ってくださいって言ったよな。それって、まだ可能性があるってことだろ」

正好は顔が引き攣るのを感じた。返す言葉がなく、誤魔化すための作り話も思い浮かばない。

「大事な客が困ってんだ。助けてやるって言ってんだよ。こっちも金を返してもらわなきゃいけねえからな」

三億の遺産を知られたら終わりだ。違法な賭場で金貸しをしているチンピラが目をつけないはずがない。

「勘弁してください。本当にもうあてはなくて……」

「おいおい」相葉は前のめりになり、正好の鼻先に顔を近づけた。煙草《たばこ》臭い息を吐く。

「それって金はびた一文返せねえってことか?」

「そういうわけじゃ……」

相葉は手のひらを壁に叩きつけた。隣の部屋にも響きそうな音が弾ける。

「ちょっ、隣に迷惑が……」

「だから金返せねえお前が迷惑かけてんだよ！」

怒鳴り声が炸裂し、正好は首をすくめた。

「お金はちゃんと返しますから……」

相葉はふんと鼻を鳴らし、ふんぞり返った。

「やっぱりあてが残ってんじゃねえか」

「いや、そういうわけじゃなく……とりあえず、三、四日後に数十万。それなら何とか……」

口から出まかせではあったものの、実際、あてが全くないわけではなかった。

ただし――。

プライドは失うかもしれない。

父のブログが更新されたのは、その翌日だった。

『悔恨』

私は帽子とサングラスで変装し、外に出ている。A子が私のために車椅子をレンタルしてきてくれたのである。膵臓がんの影響で足腰が衰えてきているから、自力での歩行は難しく、彼女の手助けが不可欠だった。

思い詰めた私が愚かなことをしないよう、監視の意味があるのか、気晴らしのつもりなのか、彼女は「どこか行きたいところはありますか」と私に尋ねた。

私の体力の問題で遠出はできない。海を見たかったが、残念ながら断念せざるをえなかった。

私は「川が見たい」と答えた。

所詮、川は川で、病を患う前の私が休暇で何度も訪れたハイチやプエルトリコの海とは比べ物にならず、水も濁っている。だが、今の私には充分だった。決して綺麗な人生ではなかった私には、むしろこのほうが相応しいのではないか。

目を閉じ、川のせせらぎに耳を傾けた。感覚が研ぎ澄まされ、肌を撫でていくそよ風も愛撫のように感じられた。誰かに優しく撫でさすられている気がする。

「……気持ちいいな」

私は目を閉じたまま、つぶやいた。

常に何かや誰かと闘ってきた私は、このような穏やかな気持ちに身をゆだねたことなどなかった。闘争心こそ人生の活力で、勝利こそ唯一の充足だった。

私にとって家族愛などは人生の中で重要ではなく、一度も顧みたりしなかった。子育ても妻や他人に任せっぱなしだった。

人生の残り時間の短さを思い知らされたとき、自分の中にあった様々な本音と向き合うことになる。その中で最も大きいものは——私自身も意外なことに、後悔だった。

私が心底望んでいたものは一体何だったのか。

膵臓がんを患う前は、活力と希望が漲《みなぎ》り、誰よりも満ち足りた人生を歩んでいると信じていた。孤独や寂しさを感じたこともない。常に闘い続けることこそ、生きるエネルギーだった。全身全霊で金を稼ぎ、資産を運用し、ひたすら儲けてきた。

まさかこの歳になって価値観を揺さぶられようとは……。

人生を振り返ってみたとき、私に残ったもの。それは家族ではなく、金だった。

私はそれを後悔している。

心地よい風が止んだとき、私は目を開けた。

「人生に必要なものは何だと思う？」

私はＡ子に問うた。

車椅子を押す彼女は無言だった。質問の真意を推測しているのか、答えを真剣に考えているのか。

やがてＡ子は答えた。

「……愛と必要最低限のお金でしょうか」

正直な答えだと思った。『愛』だけなら信用しなかっただろう。Ａ子の言葉は予想以上にすんなり私の胸に入ってきた。

「愛は——重要か？」

「はい。愛がない人生は寂しいです」

「妻や夫、恋人を愛するのか？」

「家族でも友達でも構いません。人は独りでは生きていけませんから」

「……私の周りにはもう誰もいない」

A子は何も言わなかった。ただ車椅子を押し続けている。返事に困ったのではなく、私を尊重してくれたのだと分かる。川沿いを吹き流れる風を感じながら私は続けた。

「長男も長女も、私の遺産を狙っている。一刻も早く相続することしか考えていない」

「遺産——ですか」

「長男は車のコレクションに大金を投じているうえに株で失敗しているし、長女はアンティーク家具の仕事がうまくいっていない。二人共、私の遺産が生命線なのだ。二人は私に膵臓がんが発覚したとき、舞い上がっていたよ。私の前では神妙な演技を続けていたが、言葉の端々から喜びが見え隠れしていた」

「それは——気のせいとか、被害妄想ではなく？」

「ああ。二人は早くも私の葬儀をどうするか、密談していた。私の死を待ち望んでいる。どう思う？」

「……お金は人を狂わせますから」

私はうなずいた。

今は私の話を聞いてくれるだけで充分だった。思えば、私にはそのような相手すらいなかった。仕事として付き合ってくれる人間であれば、いくらでもいただろう。だが、死を前にした私が望むのは、そんな割り切った相手ではない。

「我が子たちの本音を知った当時は、ショックや悲しみよりも怒りのほうが先に立った。私の葬式を出したがっているからこそ、出させてやるものか、という執念で生きてやると思った。だが、床に臥せっているうち、弱気の虫が忍び込んできたらしい」

「可哀想……」

相槌《あいづち》や返事ではなく、思わず漏れた本音という感じだった。憐《あわ》れまれるのは初めての経験で、私は自分の感情を持て余した。だが、怒りが湧き上がってこないのは、彼女の人柄だろう。

「私を憐れだと思うか?」

「……家族に死を望まれるほどつらいことはありません」

「そう、だな。私の人生はどこでどう間違ったのか。死を前にしてよく考える」

川面を撫でた微風が草木をそよがせながら吹きつけてくる。甘ったるさと水っぽさを孕んだ風の香りに、私は人間としての原初の記憶を呼び起こされる思いだった。

「後悔があるんですか？」

「……次男のことだ」

「家を追い出したという、例の？　会いたいんですか？」

「今さらどの面を下げて会う？　私は憎まれているだろう」

「あなたはどうしたかったんですか？」

私は自分の心の奥底を探った。蓋をし、見て見ぬふりをしている本音をえぐり出そうとした。

「健康であったなら、その存在など、思い出しもしなかっただろう。だが、人生が残り少ないと知ったとき、次男の顔が脳裏に浮かんだ。私は過ちを悟ってからも意固地になっていただけで、本音では関係の修復を望んでいたのかもしれぬ」

「家族関係は難しいですよね。一方が折れないかぎり、絶対に修復はできませんから」

「私が折れるべきだったと思うか？」

「折れていたら違う人生があったかもしれませんね。でも、過去に遡ってやり直すことはできません」

「……もし私が遺産をお前に遺《のこ》したい、と言ったらどうする？」

「え？」

「冗談だ。本気にするな」

彼女が何かを答える前に、私は前言を撤回した。

私は彼女が金に目の色を変える姿を見たくなかったのである。神経質になりすぎている今の私なら、ほんの少しの反応から彼女の感情を読み取ってしまうだろう。もしA子が私の家族と同様の守銭奴だと確信してしまったら、私は絶望する。今際《いまわ》の際に絶望に囚《とら》われる。

私は――人間というものを少しでも信じたかった。

A子は無反応だった。まるで自分一人がこの世に取り残されたかのような錯覚を抱き、私は振り返った。

A子は――変わらずそこにいた。私の車椅子のハンドルを握り締めたまま、深刻な面持ちで押し黙っている。

「どうした？」

A子は思案するような間を置き、引き結んだままの唇をようやく開いた。

「……そろそろ帰りましょう」

声には怒気が籠っていた。

私は戸惑いを覚えながらも、A子に車椅子を押されるまま帰宅した。終始会話はなかった。いや、私はA子に話しかけたが、彼女は素っ気ない相槌を打つだけだった。

部屋に入ると、私は布団に横たわった。小一時間ほど車椅子に座っていただけだが、腰が耐え難いほど痛んだ。死期が目の前に迫ってきているのが分かる。

私の命は果たしてあとどのくらいもつだろう。

私は気力を尽くして身を起こすと、鞄から白紙の便箋を取り出し、机に向かった。

新たな遺言書を作成した。

遺言書には次男のことも書いた。過不足なく綴ると、最後に署名も入れた。

私は痛む腰を押さえながら立ち上がり、本棚に差されている一冊の本のあいだに遺言書を挟み込んだ。

私の死後、見つけてくれることを期待した。

私は息をつくと、A子のことを想った。

私と彼女の関係を思えば、〝遺産〟を渡すことがいかに不適切か、思い至った。〝遺産〟は純然たる相続権利者に遺すべきだ。

私は彼女に〝遺産〟を渡そうとしたことを反省し、考え直した。

8

父の私室の床には、何十冊もの蔵書が散らばっていた。兄と姉が競い合うようにして本を引っくり返している。本棚《ブックシエルフ》から抜き出してはぱらぱらとページをめくり、逆さまにして振り立て、何も落ちてこないと分かるや、絨毯に投げ捨てる。

姉は「クソッ」と吐き捨てると、足元の本を蹴り飛ばした。「正好、あんたも探しなさいよ！」

「……どこをだよ？」

正好は空っぽの本棚を見つめた。父の蔵書は全て絨毯の上だ。

「見落としがあるかもしれないでしょ。一冊一冊、確認しなさいよ」

正好は惨状を眺め回すと、ため息を漏らしながら一冊を手に取った。投げやりな気分で中を見ていく。

「ちょっと！　もっと真剣に調べなさいよ！」

「……姉貴らが徹底して確認したろ。俺が調べたって、もう無意味だろ」

姉の目が不審そうに細められた。

「もしかして遺言書を隠したの――あんた？」

「はあ？」

「真剣みが足りないから変だと思ったのよね。この部屋にはもうないって知ってるから平然としてんでしょ。あんた、遺言書をどこに隠したの！」

正好は顔を顰めるしかなかった。

「どこって、何だよ。俺が知るわけないだろ」

「嘘。先に入手したんでしょ。お父さんのブログを見て、先に本棚を調べたんでしょ」

「んなわけないだろ」

「ここに泊まり込んでるんだから、誰よりも先に行動できたでしょ」

「姉貴たちが訪ねてきたとき、俺はまだ部屋で寝てただろ。ブログが更新されてたことだって、二人から聞かされて初めて知ったんだぞ。何かできるわけがない」

「そんなもの、何とでも誤魔化せるでしょ。早朝の更新を知って、慌ててお父さんの部屋から遺言書を探し出して、で、あたしたちが来る前に寝たふりをした――」

「何のために?」

「ブログを読んで、自分に有利な内容が書かれていると思い込んだんでしょ。開封に手続きが必要なことも知らず、喜び勇んでいざ遺言書を探し出して開けてみたら、予想と違って、あんたに不利な内容だった。だから隠したの」

「妄想にもほどがある」

実際、嘘はついていなかった。二人が血相を変えてやって来て、そこで事情を知った。それから父のブログ――二回目の更新分――を読み、今に至る。

だが、先に遺言書を見つけ出していない証拠など出せるはずもなく、疑いを晴らすことはできなかった。

「俺も訊きたいな」兄が分厚い哲学書を掲げながら進み出た。「なぜどこからも遺言書が出てこないのか、理由を知りたい」

金の無心など切り出せる雰囲気ではなかった。遺産相続後に返済するから、と頼み込み、出世払いならぬ遺産払いで前借りするつもりだった。

だが、これほど敵意を抱かれている状況では、一銭も出してくれないだろう。

正好は嘆息を漏らした。

「俺が知るわけないだろ。『悪魔の証明』を求めるなよ」

「七年半も待った数億円の遺産が絡んでるんだ。『悪魔の証明』だろうが何だろうが、絶対的な無実の証拠を見せられないかぎり、疑う。お前が処分したのか？」

「何度訊かれても答えは同じだ。知らない」

疑われ続けるのは癪《しゃく》だったから、何とか疑惑を晴らす方法がないか、正好は頭を絞った。

「そもそも、親父が行方不明になってから七年半、鍵だって別にかかってないこの部屋は誰だって入り放題だ。怪しいってんなら、俺より兄貴や姉貴だろ。俺がこの館に足を踏み入れたのは、ほんの数日前だし、十七年半ぶりだ」

「俺らは遺言書があるなんて、今の今まで――父さんのブログが更新された今日まで知らなかった。遺言書を見つけられるわけがない。所詮、学歴のない落ちこぼれは、論理も隙だらけだな」

他人を見下す兄の言いざまにむかっ腹が立った。

「それこそ何の根拠にもならないだろ。親父が行方不明になったとき、行方を掴む手がかりがないか、館の中を探し回らなかったとは言わせないぞ」

兄がぐっと声を詰まらせた。

「兄貴や姉貴が館の中を漁らなかったかどうか、使用人の彼女に訊いてみればはっきりするんじゃないか？　親父の私室なんて、いの一番に調べる場所だろ。親父が行方不明になったのに、その親父の部屋を全く調べもしなかった、なんて言うなよ。俺は兄貴や姉貴がそんな間抜けだとは思ってないからな」

挑戦的に皮肉を付け加えると、兄は眉を歪めた。

「本のあいだまでは——調べなかった」

「どうだか。兄貴こそ、本棚を調べなかった証拠を出してくれよ。億の遺産が絡んでるのは俺も同じなんだ。『悪魔の証明』だって求めるぞ」

「……水掛け論だな」

「ああ。誰も何も否定できない」

兄は忌々しそうに鼻から息を抜いた。

「部屋の中にないってことは——この七年半のあいだに誰かが抜き取ったってことだ」

「一体誰が？」

兄の目線が姉へ滑っていく。

姉が目を剝いた。

「あたしを疑う気！」

「……俺は遺言書を見つけていない。それは俺自身が知ってる。だったらお前か、正好か。犯人はかぎられてる」

「ふん。遺言書を見つけてないなんて、自己申告でしょ。信じられるもんですか。あたしだって、自分が見つけていないことはあたし自身が知ってる」

「ブログの書き方を見るかぎり、正好が優遇された内容が書かれている可能性が高い。見つけたのが正好なら、印籠のように嬉々《きき》として俺らに突きつけるんじゃないのか？」

「さっきまで正好を疑っていたくせに」

姉は腕組みし、嘲笑するように顎を持ち上げた。

「お前が感情的になるから、俺も冷静さを失っただけだ」

「何でも人のせいにしていい身分ね。あのブログの内容で正好が優遇された遺言書だって決めつけるのは、早計じゃない？　一応自分の子なんだから、完全に除外するのは可哀想だって憐れんで、遺言書に付け加えただけかもしれないじゃない」

「そうだな、その可能性もある」

「遺産が均等に分配されるって思い込んでいる正好からすれば、とても納得できない内容だったとしたら、先に見つけ出して処分したかも」

再び姉の一睨みが向けられた。

疑われるのにはうんざりする。正好は目を逸らさず、真っすぐ睨み返した。気合負けしたら犯人にされかねない。

何秒か、睨み合った。

嘆息と共に引き下がったのは姉のほうだった。

「……正好、愛子を呼びなさい」

「命令するなよ」

「もしあんたや兄さんが見つけたんじゃなければ、愛子でしょ。ほら、早く呼びなさい」

父が行方不明になってからも月に二度清掃を行っている愛子なら、遺言書を見つける可能性はたしかに高かっただろう。姉から使用人のように扱われて苛立《いらだ》ちはあったものの、彼女を問い詰めないわけにはいかない。

一回目のブログ更新後、姉は愛子を不定期に呼びつけるようになっていた。

正好は仕方なく部屋を出ると、彼女の名前を呼びながら、腰壁の装飾《モールディング》が立派な廊下を歩いた。アーチ形の大窓があり、天井に黒いアイアン製の小型シャンデリアが吊られている。

廊下ひとつに一体いくらかけているのか。

向こう側から愛子が足早にやって来た。白いエプロンと長いスカートをはためかせている。

「あ、あの……」愛子は顔に当惑を滲ませていた。「何か……」

「姉貴たちが訊きたいことがあるってさ」

彼女の怯えた表情を目の当たりにしたら、父の部屋で何が待ち構えているのか、教えるのは憚《はばか》られた。

愛子は困惑顔のままうなずいた。

「伺います」

正好は愛子を連れて部屋に戻った。彼女は散乱した蔵書の数々を目に留めるなり、息を呑んだ。

「これは――」

愛子が動揺した声で漏らすと、姉が彼女をねめつけた。

「あたしたちが何を探していたか、察しはつくんじゃないの？」

愛子は蛇の巣穴に追い詰められた小動物のような顔をしていた。

「私には何のことだか……」

「白々しい。遺言書をどこへやったの」

人民裁判がはじまった——。

問答無用で法廷に引っ張り出された被告人は、愛子だ。残念ながら弁護士は存在しない。彼女は兄と姉から険しい視線を突き刺され、肩をすぼめている。

「ゆ、遺言書——ですか？」

「見つけたんでしょ」

「知りません」

「父が本の中に隠したんだけど、それがないのよ。先に抜き取った人間がいるってわけ。あんたでしょ」

「知りません」

愛子が繰り返すと、姉は絨毯の上の蔵書を一冊、取り上げた。本の表面を軽く人差し指で撫でる。思わせぶりに間を置き、本棚に歩み寄った。同じく棚板を撫でた。

「埃が——積もってないわね」

「は、はい。定期的に掃除させていただいていますから」

姉の唇が勝ち誇ったように吊り上がる。

「掃除していて見つけたんでしょ、遺言書」

愛子が言葉を失った。誠実な仕事ぶりが逆に疑いを増幅させた、と気づいたのだ。

「違います！」

姉はわざとらしく蔵書の表面や背をなぞり続けている。

「なかなか丁寧な仕事ぶりじゃないの。一冊一冊、抜き出して埃を拭ったみたいね。これだけ徹底していたら、挟んであった遺言書なんて、はらりと落ちたでしょうね」

姉の指摘どおりかもしれない。遺言書が挟んであったとしたら、気づかなかった可能性は低いのではないか。では、誰よりも先に遺言書を手に入れたのは愛子なのか？

だが、そうだとしたらなぜそれを隠す？

正好はその疑問を口にした。

「蚊帳の外だったからでしょ」

「蚊帳の外？」

「お父さんをたぶらかして、遺産をいくらかでも手に入れられるとほくそ笑んでいたのに、いざ転がり出てきた遺言書には、自分の名前がなかった。触れられていなかったら、一銭も手に入らないものね、使用人じゃ。だから腹立ちまぎれに隠した」

愛子が仰天した形相で進み出た。

「ま、待ってください！　私は遺言書なんて知りませんし、そもそも遺産を貰おうなんて考えたこともありません」

「嘘おっしゃい！」姉は蔵書を絨毯に叩きつけた。「あんたがこそこそ何をしていたか、全部知ってるのよ」

「な、何の話ですか」

「正好！」姉が振り返る。「パソコンを持ってきなさい」

――何から何まで命令かよ。

反発をこらえ、正好はリビングからノートパソコンを取ってきた。「ほら」と差し出すと、姉は礼も言わずに受け取った。マホガニーの書斎机に置き、スリープモードを解除する。

「読みなさい」

姉に命じられると、愛子はおずおずパソコン画面を覗き込んだ。スクロールしながら文章を読んでいく。

「どう？」姉が怒りを嚙み殺した声で彼女の背に訊いた。

愛子は振り返り、猛然と首を横に振った。

「私、こんな発言はしていません！」

「父に同情しているふりをして、巧妙にあたしたちの信用を落としてくれてるわね、あんた」

正好は内心で苦笑した。

使用人に吹き込まれた程度で信用をなくすとは、よほど希薄な親子関係だったのだろう。人を後妻の子、後妻の子、と見下しておきながら、自分たちも赤の他人同然ではないか。

「遺産をお前に遺したいと言ったらどうする、って訊かれて、すぐに前言撤回されたときの態度、ずいぶん露骨よね。あてが外れた？」

愛子はがばっと顔を上げ、「違います！」と叫んだ。

「ちゃんと賃金を受け取ってるくせに、そのうえ、遺産まで貰おうなんて、どれだけ欲張ってんの。あんたの仕事は何？　黙って父の世話だけしてりゃよかったのよ」

「こんな会話、記憶にありません」

「あんた、政治家？　否定できないからそう言うしかないんでしょ」

「……こんな話はしていません」

「へえ？」姉は挑発的に顎を持ち上げた。「あんた、父との会話、一言一句、記憶してるってわけ？　なら全部再現してみなさいよ」

愛子が顔に困惑の色を浮かべる。

「そ、そんなこと――無理です。私は雇われてから、四六時中、旦那様の話し相手になっていました。全てを再現なんて……」

「なら否定はできないはずよね」

「……言っていないということは断言できます」

姉は歯を剝き出した。

「口答えするんじゃないわよ！」

姉の右腕が持ち上がった。

「おい、姉貴！」

正好は制止しようと踏み出した。だが、姉の手のひらはすでに愛子の頬に叩きつけられていた。

「落ち着けよ。親父のブログの内容が事実かどうかなんて、分からないだろ」

「だから嘘を書く意味があんの？」

「……親父は認知症だったんだろ。記憶が混乱しているのかもしれない」

愛子が反応した。

「そ、そうです！　旦那様は重度の認知症でした。美智香様と私を間違われたほど……」

姉の顔が歪む。

認知症による混乱の可能性に愛子がもう少し早く気づいていれば、引っぱたかれずにすんだだろうに。

「何でそれを早く言わないの！」

姉がキレた。自分自身、父が認知症だったことをすっかり忘れていたくせに——。

左の頬を赤くした愛子は、申しわけなさそうにうなだれている。

正好はもう一度ブログに目を通した。

正気の父が記した日記であることを願う気持ちがあった。もし第三者による創作なら、自分たち母子《ははこ》に関する記述もでっち上げということになってしまう。

自分は——。

正好は拳を握り締めた。

自分たちを捨てた父を長年憎んできたくせに、父に忘れられていなかった事実を目にして胸が掻き乱されている。

姉は愛子をねめつけた。身長差が十センチ以上あるため、愛子が感じる圧力は相当なものだろう。

「父を連れて外出はしたの？」

愛子は視線を部屋の隅へ逃がした。

「質問に答えなさい！」

姉の怒声が飛ぶと、愛子はびくっと肩を震わせ、顔を戻した。だが、視線は姉の顔から微妙に逸れている。蛇に睨まれた蛙——という表現がこれほど適切な場面にもそうそうお目にかかれないだろう。

「……旦那様の気分転換に、館の外へお連れしたことはあります」

「一度だけ？」

「何度もあります。週に二、三度はお連れしました」

「そこであたしたちを悪役に仕立て上げたってわけ？」

「い、いえ！」愛子は目を剝いたまま顔を上げた。「美智香様や貴彦様を悪くなど、言ったことはありません」

「父はあたしたちを悪く言ったんでしょう？」

「そ、それは――」

「正直に答えなさい！」

「……たしかに批判的なことはおっしゃいました」

「それに同意したんでしょう？」

姉の声には、『はい』以外の答えを許さない威圧感があった。

「その……」

愛子が視線を泳がせる。

「違うの？　父があたしたちを悪く言うたび、あんたはあたしたちを庇《かば》って父に盾突いてくれたってわけ？」

愛子が声を詰まらせた。

彼女が父に反論している姿を想像できない。立場上、父が誰かを批判したら、共感を示すしかなかっただろう。雇い入れたのが姉でも、父がクビにすればそれまでなのだから。

もしブログの内容が事実だとしたら、愛子の社交辞令的な共感の返事を父が鵜呑みにした可能性もある。

沈黙が答えと判断したらしく、姉は「ほら見なさい」と鼻の穴を膨らませた。「やっぱり言ってたんでしょ、あんた」

愛子は怯えたように目を逸らした。

「過去を責めても意味がない」兄が言った。「それより大事なのは、消えた遺言書のことだ」

姉は室内を見回した。

「誰かが持ち出さなきゃ、勝手に消えるなんてあり得ない。お父さんの失踪後、館に入った人間が犯人よ」

「誰がいる？　当時は俺やお前が出入りしていた以外、弁護士や税理士、探偵もやって来た。愛子は定期的に掃除に来ている。正好は――数日前から寝泊まりしている。多いようでかぎられているぞ」

「弁護士や税理士が遺言書を持ち出す理由はない。もし遺言書を発見したらあたしたちに報告すべき立場でしょ」

「探偵はどうだ？　父さんの居所の手がかりがあるかもしれない、なんて言って、館の中を調べてたぞ」

「そうね。お父さんの部屋も念入りに調べてた。でも、探偵が遺言書を持ち出して何か得がある？」

「得はないな。遺言書じゃ、金にも換えられない」

「でしょ。だったら――」

猜疑心に満ちた姉の眼差しが面々を順番に睨んでいく。

「動機があるのは家族ってわけか」

兄が自嘲気味に言った。

「そうなるでしょうね。でも、隠蔽してるんだから、自分に都合の悪いことが書かれていた人間の仕業でしょ」

「遺言書の中身が分からない以上、推測しかできないな。誰にとって不利な内容だったのか」

「……そうね」

「とりあえず、今後のことを考えよう」

「ブログの対処も必要ね。一刻も早く何とかしなきゃ。結局どうなったの？　誰が更新しているか分かった？」

「弁護士に相談したけど、開示請求は無理だった」

「ブログの更新停止は？」

「それも無理だった」

「何なのよ、もう！　あたしの悪評が立ったらどうしてくれるわけ？　こんなの、名誉毀損でしょ、名誉毀損」

姉は昔から自己プロデュースに長《た》けており、表と裏で巧みに顔を使い分けていた。大学時代の姉は父の金で起業し、当時は業界紙で話題になった。様々な慈善事業や人権保護活動に寄付していたが、それは全て税金対策を兼ねた売名だった。寄付がニュースにならなかったときは、自宅でキレていた。

印象的な台詞が記憶に残っている。

――こういう偽善的な活動をして綺麗事を吐いておけば、万が一昔の過ちが暴露されても信憑性に疑問符がつくでしょ。

そう、姉が外で綺麗な活動や発言を繰り返すのは、善人だからではなく、単に〝本性〟を隠すためだった。周りもその巧みな演技に騙されたらしく、一時期はメディアにも持ち上げられていた。ネットには、堂島美智香に傷つけられた、苦しめられた、という告発めいた書き込みもあったようだが、騒ぎになることもなく、成功者への嫉妬による誹謗《ひぼう》中傷として黙殺された。常日ごろ、後妻の子として姉に虐げられていた身としては、それらの書き込みにこそ信憑性があったのだが。

小学生だった自分は、悪人ほど善人の仮面を被りたがるものだ、という世の真理のようなものを学んだ。

そのうち、聖人君子を演じるのが面倒臭くなったのか、設立した会社からはさっさと手を引き、趣味を生かしてアンティーク家具のショップを開いた。

「まったく！」姉が舌打ちした。「何のために愚鈍そうなあんたを雇ったと思ってんの！」

「そ、それはどういう……」

愛子が当惑を見せる。

「あんた、まさか自分が優秀だから破格の条件で雇用された、なんて自惚《うぬぼ》れてないわよね」

「え？」

「落ち着け！」兄が二人のあいだに割って入った。「感情的になっても解決はしないぞ」

鼻息を荒くしている姉は、兄を一瞥した後、怒りを抑えるように深呼吸した。

「じゃあ、どうすんの？」

現状、ブログの更新者は不明で、更新停止も難しい。下手すれば、注目されて面白おかしく騒ぎ立てられる危険がある。

「目の前の問題から順に解決していこう」兄が言った。「今朝、あの家裁調査官から連絡があって、面会したいそうだ」

「あたしたちに?」

「ああ」

「用件は?　『失踪宣告』が出る、って話なら嬉しいんだけど」

「……それは望み薄だろうな。ブログが続けて更新された件らしい。俺らの話次第じゃ、『失踪宣告』がさらに遠のくかもしれない」

9

兄と姉が出かけた隙を突き、正好は館の中を物色して回った。

ホールにはデコラティブなバロック調の巨大ミラーが壁に掛けられ、金箔が貼られた半月形のコンソールテーブルが壁付けされている。その上には女性的な曲線美が目を引く陶器の花瓶。色鮮やかな模様が描かれている。

遺産の前借りが難しい以上、他に方法はない。

正好は花瓶に手を伸ばした。両手で挟むように摑み、持ち上げる。そのまま二、三歩後退した。

花瓶を失ったコンソールテーブルは、豪奢《ごうしゃ》なドレスを剝ぎ取られたように寂しく、一目で違いが分かる。

くすねたらすぐ発覚するだろう。

調度品を盗んだら遺産相続の権利を失うだろうか？　二人が裁判に訴えたらどうなる？　そんなことになったら後悔してもしきれない。

数十万のために三億が泡と消えてしまったら――。

正好は苦悩した末、花瓶を戻した。ふう、と息を吐き、ホールを見回した。

気づかれにくい調度品を探そう。

装飾的な黒いアイアン製の手摺り《バラスター》のサーキュラー階段を上った。赤系のカーペットが敷かれており、足音を完全に吸収する。自分のアパートの外階段とは大違いだ。

これほど贅のかぎりを尽くしているのだから、少しくらい頂戴しても罰は当たらないのではないか。

二階ホールにも同じくコンソールテーブル。飾られているのは、アンティークゴールドの十字架と写真立てだ。

十字架を手に取ってみる。手触りは――硬質だ。古びた真鍮《しんちゅう》だろうか？　年代ものならいいのだが――。

美術品の審美眼が皆無の人間には、値段など想像もつかない。一万円なのか、十万円なのか、あるいはもっと……？

しかし、素人目にはそれほどの金額に化けるとは思えなかった。

十字架を戻し、ハーフラウンドの洋風窓から陽光が射《さ》し込む廊下を歩き、突き当たりの重厚な木製ドアを開けた。四方が造り付けの本棚《ブックシエルフ》とキャビネットに囲まれた書斎になっている。正面には両袖のデスクが鎮座していた。

金目のものがありそうな気配がしている。

一時的——。そう一時的で構わないのだ。調度品を質屋に入れ、相葉を納得させられる程度の金額を入手すれば、当座はしのげる。品物は遺産が手に入ってから取り戻せばいい。

正好は室内を見て回った。

ここも愛子が定期的に掃除しているのだろう、書物の類いは本棚にきっちり収められている。デスクには一冊もなく、小型の地球儀とアンティーク調のシェードランプ、孔雀を象《かたど》ったブックエンドが置かれているのみだ。

ガラスが綺麗なキャビネットには、ワイングラスや皿が飾ってあった。

皿——か。

目玉が飛び出るほどの値段がつく皿があることは知っている。何とかまり、とか、そんな名前だった気がする。この皿はどうだろう。数十万の価値があるだろうか。

正好はキャビネットのガラス扉を開けた。

真鍮の皿立てに飾られている皿を手に取る。花が描かれた表面を撫でてみた。高価なのかどうか、自分には判断がつかない。

デスクの上に置き、キャビネットを見つめた。皿がなくなった分、そこにぽっかりと空間が生まれている。消失は一目瞭然だ。

正好は悩んだすえ、皿立ても取り出した。そして——両脇のグラスを寄せ、スペースを消した。

これで大丈夫だろう。ぱっと見たかぎり、皿が消えていることは分からない。

他には——。

正好は室内を探し回った。

アームチェアを引いてデスクの下を覗き込んでみると、片隅に三個の花瓶が置かれていた。

置き場所に困って片付けてあるのだろうか。

正好は一番高価そうな花瓶を取り出した。白磁でチューリップ形。両側にゴールドの持ち手が付いている。

花瓶と皿——か。

質屋に入れたらいくらになるだろう。

正好は背負っていたリュックを下ろし、中のタオルを取り出した。皿と花瓶を包み、割らないように注意しながらしまう。

部屋を出ると、廊下を歩き、二階ホールにあるコンソールテーブルの上から十字架の装飾物を手に取った。握り締めたままサーキュラー階段を下り、館を出る。

夕日が庭の噴水とアイアン製の門扉を赤々と照らし出していた。

緊張の息を吐き、館を振り仰いでから歩きはじめた。スマートフォンで検索した質屋へ向かう。

電車で一駅。到着した駅から十五分ほど歩いた場所に、小ぢんまりとした店があった。

ガラス窓が入った木製ドアには、古びたプレートが掛けられている。

『営業時間　午前十時から午後八時　定休日金曜』

正好はドアを開けた。ガラスのショーケースがL字形に配置され、中に品が陳列されている。

奥に銀縁眼鏡を掛けた白髪の老人が座っていた。視線が絡むと、しわがれた声で「いらっしゃい」と言った。

「どうも……」

正好は店内に進み入り、カウンターの上にリュックを置いた。

「質に入れたいんですけど……」

老人は眼鏡を掛け直すと、胡散《うさん》臭げにリュックを一瞥した。

「リュックを売りたいなら、インターネットを使ったほうがいいんじゃないかい」

「いや、中身なんですけど」

正好はリュックを開け、タオルに包まれた花瓶と皿、そして十字架の装飾物を取り出した。

銀縁眼鏡の奥の老人の目がますます細められた。無言で品を凝視している。

「うちは盗品は扱わないよ」

緊張が胃を駆け抜けた。

「いや、盗品じゃないですよ」

声に緊張と不安が交じらなかったか、自信がない。

「品の扱い方がねえ……」

迂闊《うかつ》だった。

高価な花瓶や皿の持ち運び方を知らず、時間もかぎられていたせいで乱暴に運び出してしまった。

「父親の遺品なんです」正好は頭をフル回転させた。疑念を抱かれて一一〇番通報されたらまずい。「父親は美術品の収集が趣味だったんです。で、遺産相続の話になって、きょうだいで何点か分け合って……でも、美術品なんて自分の部屋に置いておいても仕方ないんで、こうして質に持ってきたんです」

老人の猜疑の眼差しは変わらず、品ではなく、正好を値踏みするように観察している。

「美術品には無知なんで……」

正好は苦笑いを浮かべてみせた。

「……本当に盗品じゃないんだね？」

「もちろんです！」

疑われないように即答した。

実際、盗品ではない。少なくとも、自分にはそんな認識はない。遺産さえ手に入れれば、取り戻して返すのだから。

老人はしばらく無言を貫いた後、「鑑定しましょう」と言った。拡大鏡を取り出し、花瓶を調べはじめた。

正好は唾を飲み込んだ。

金額はいくらになるだろう。相葉を納得させられる程度の金額に換わってくれれば——。

たっぷり時間をかけた後、老人は顎を撫でながら顔を上げた。銀縁眼鏡の位置を整える。

「で、いくらですか」

正好は焦れて身を乗り出した。

老人は嘆息した。

「……二万五千だね」

「は？」正好は耳を疑った。「け、桁を間違ってますよね」

「いんや」

「二万五千はないでしょ、二万五千は。父親は美術品収集が趣味だったんですよ。そんな安物、ありえない」

二万五千程度ならバイトで稼げる金額だ。相葉を納得させられるはずがない。

「そう言われてもねえ。アンティーク塗装してそれっぽく見せている既製品だね、どれも」

「偽物……」

「偽物じゃなくて、既製品ね、既製品」

愕然とした。

父は本物にこだわっていたのではないのか。調度品は全て高額のアンティークだと思っていた。

「どうするかね？」

「どう……？」

質に入れるかどうかを訊かれているのだと理解できるまで、数秒かかった。

危険を冒して館から持ち出した結果がこれか。二束三文を得て一体何になる？

「……いえ」正好は花瓶と皿をタオルで包み、十字架の装飾物と一緒にリュックにしまった。「結構です」

希望の灯火《ともしび》は一瞬で吹き消されてしまった。

正好はリュックを背負い上げ、踵《きびす》を返した。肩を落としていたせいでショルダーベルトが滑り落ちそうになった。

打ちのめされたまま質屋を出た。駅のほうへ歩き出そうとしたとき、突如、背後から肩を鷲掴みにされた。

心臓が飛び上がり、顔を後ろに回した。対面したのは——相葉だった。サングラスごしに鋭い視線が突き刺さってくる。

「あ、相葉さん……どうして……」

正好はパニックに陥り、言葉を失った。辛うじて口をついて出たつぶやきも震えを帯びている。

「尾《つ》けてたんだよ、お前を」

薄い唇がにやっと吊り上がる。

「どうしてそんな……」

「あてってやつを知るために決まってんだろうが」

正好は唾を飲み込み、一歩後ずさった。こめかみを緊張の脂汗が伝うのが分かった。

「結構な豪邸から物を持ち出したみたいだな、ええ?」

動揺のあまり絶句した。まさか堂島家を出るところから尾行されているとは想像もしなかった。

「い、いや、あれは——」

言い繕う言葉も見つからない。

「空き巣に入った——ってわけじゃ、ねえよな」相葉はくっくっくと笑いをこぼした。「お前、そんな度胸がある人間じゃねえもんな」

堂島家との繋がりを知られるわけにはいかない。三億の遺産を食い物にされてしまう。

「空き巣——です」

正好はつぶやくように答えた。

相葉は片眉を器用に持ち上げた。

「嘘つくんじゃねえよ」

「本当です」

「お前にそんな度胸あるもんか」

「俺もそれだけ切羽詰まってたんですよ。金を払わなきゃ、って。臓器を取られるわけにはいかないんで」

「おいおい、人聞き悪《わり》いな。俺がそんな脅迫したことあったか？」

「いえ……」

相葉は鼻で笑った。

「ま、いいや。で、いくらに化けた？」

「え？」

「質に入れたんだろ」

「それが——既製品でした。二万五千だって言われて、結局、売らないままです」

「へえ。見せてみろよ」

相葉は詰め寄ってくると、腕を伸ばし、肩ごしにリュックを強引に引っ張った。

「ちょっ——」

痩躯のわりには思いのほか力が強く、体が半回転した。相葉がリュックに手を突っ込む。

「や、やめてください」

「まあまあ。おとなしくしてろって」

相葉は花瓶を取り出し、タオルを剝ぎ取った。上から横から下からまじまじと眺め回す。

「たしかに高価そうには見えねえな」

「……分かるんですか？」

「んなわけねえだろ。骨董《こっとう》品の目利きなんかできるか。何となくだよ、何となく」

「そうですか」

相葉は花瓶を掲げた。

「さて、改めて聞かせてくれよ」

「何を――ですか」

「あそこの家とお前の繋がりだよ」

「いや、だから、盗みに入った家ですよ。たまたま金持ちそうな家が目について、侵入したんです。それだけです」

「いい加減、嘘はやめろや。誤魔化せると思ってんのか」

「本当です。嘘じゃありません」

「……ふーん」

相葉は顎を撫でると、片手で器用にスマートフォンを取り出し、レンズを正好に向けた。シャッター音が鳴る。

「な、何を――」

相葉は薄ら笑いを浮かべた。

「お前の写真、あそこの家の人間に見せたら、何か教えてくれるかな？」

はっとし、背筋が凍りついた。

「ちょっ、それは……」

「無関係ならいいよな、別に」

焦燥感に駆り立てられる。

「俺、盗みに入ったんですよ。顔がバレたら捕まります」

「空き巣として見せるわけじゃねえよ。たとえば……そうだな、知り合いに会いに来たとか、適当な口実で見せるさ。反応が楽しみだな」

正好は瞳を泳がせた。

言い逃れる術《すべ》を失った。誤魔化しても、館に乗り込まれたら嘘は一発でバレる。兄か姉が応対に現れ、次男だと答えるだろう。遺産相続の話を知られるのは時間の問題だ。

それなら、いっそ――。

「ま、待ってください！」正好は声を上げた。「分かりました。正直に話します」

相葉は花瓶を撫でながら、顎をしゃくって続きを促した。

「……実は俺、堂島家の血を引いているんです。十七年以上前に家を追い出されたんですけど、一応、遺産を相続する権利があるんです」

「ほう」相葉の目がぎらりと光った。「金額は？」

「二千万か、三千万か……詳しくは知りません。でも、今の俺には莫大《ばくだい》な金額です」

「今さら見え透いた嘘はやめようや。堂島家って、あの堂島だろ」

「あの?」

「〝昭和の大物相場師〟」

正好は目を瞠った。

「お前が質屋に入っているあいだにちょこっと調べたんだよ。堂島太平。七年くらい前から行方不明らしいな。長男と長女が血相を変えて行方を捜してるって記事を見たよ」

相葉は見破った手品の種明かしでもするかのように、嬉々として喋っていた。

「再婚したものの、後妻とは離婚。子供と共に家を追い出した。十七年半前だ。お前の話と一致するな。お前は後妻の子か」

「……はい」

そこまで知られているなら否定はできない。

「遺産総額は十億以上とも言われているらしいじゃねえか。きょうだいで分けて八桁ってことはねえだろ。まさか、俺が騙し取るとでも思ってんのか」

金に対する洞察力と嗅覚は半端ではない。隠し事はできない。

正好は諦めの息を吐いた。

「億単位――です」

「だろうな」相葉は破顔した。「すげえじゃん。人生、大逆転だな、おい」

「はい……」

「辛気臭《くせ》えな。お前も興奮してんだろ？」

「正直言えば、まだ実感がなくて……」

相葉は呆れ顔でため息を漏らした。

「ま、いいや。それが返済のあてだったんだな？」

「そうです」

「堂島太平が遺体で発見されたなんてニュースはヒットしなかった。死亡しなきゃ遺産の相続はできない。『失踪宣告』だな。そうだろ？　七年以上経ってるしな。法律が死を認めてくれたら遺産を相続できる」

何から何までお見通しか。相葉は無学なチンピラではない。

「何で相続できなかった？　この前は数億を相続して借金を返す算段だったんだろ？」

正好は天を仰ぎ、しばらく間を置いた。視線を戻し、相葉を見つめる。

「親父の死に疑問符が付いたんです」

正好は正直に全てを語り聞かせた。『失踪宣告』が出ることが確定する日に、館で父の〝死〟を待った。だが、父のブログが動き出し、生存の可能性が浮上した。裁判所としても、ブログの更新だけで堂島太平が生きているとは考えていないかもしれないが、法を司《つかさど》る存在としてはなあなあでは済ませられないのだろう。

花瓶を無意味に撫でながら聞いていた相葉は、話が終わると、唇を手のひらでさすった。

「策謀を感じるな。あるいは堂島太平の最後っ屁か」

「ですね」

「兄や姉も邪魔だよな」

「え?」

「今まで美味《おい》しい思いをしてきたくせによ、三等分なんて、納得できねぇだろ」

「それは――」

相葉は歩み寄ってくると、正好の肩を摑んだ。

「出し抜いてやろうぜ。俺が頭脳になってやるよ」

10

霞ケ関駅から出ると、窓ガラスに反射するきらびやかな陽光の中、庶民を見下すような高層の建物が建ち並んでいた。半年前に『失踪宣告の申し立て』の件で面会に呼ばれたときと同じく、卑屈な感情が湧き起こる。

正好は行き交う人間たちと目を合わさず、歩いた。誰も彼も高級そうなスーツやコートが似合っている。中にはオーダーメイドと思《おぼ》しき、一目で既製品とは違うと分かる高級スーツを纏った者もいた。すれ違うたび、自分のジーンズに一瞥が向けられている気がした。

被害妄想だろうか。

だが、浮くのは半年前で思い知っていながらも、普段着を選択したのは、身の程をわきまえているからだ。馬子にも衣装、というが、所詮、馬子は馬子。無理して着飾っても笑いものになるだろう。

だが――と拳を握り締めた。

見ていろよ、と思う。三億が手に入れば、自分も金持ち連中に見下される人生とおさらばできる。

正好は家庭裁判所へ向かった。周囲の省庁が威圧的だ。

前日に面会に出向いた兄や姉の話によると、やはり質問はブログの件が主だったという。父が生きているはずがない、更新は相続を妨害したい何者かの仕業だ、と一貫して主張することで結論は一致している。

建物の前に立つと、緊張の汗が滲み出した。

正好は覚悟を決め、家庭裁判所に足を踏み入れた。手持ちのスマートフォンなどの持ち物を取り出し、金属探知機を通り抜ける。怪しい物は持っていなくても、手荷物検査は落ち着かない。

調査官室でデスクを挟んで向き合う。

「どうも」

椅子に座った正好は、軽く辞儀をした。

「ご無沙汰しています、大崎さん」

相変わらず真壁は低姿勢だった。だが、それこそが相手を油断させる手なのかもしれない。

改めて気を引き締める。上流階級でパワーゲームに慣れている兄や姉と違い、こういう駆け引きについてはひよっこ同然なのだから。

「……『失踪宣告』、凍結したとか」

とりあえず、自分から切り出して様子を見る。

「凍結と言いますか、ブログの更新によって堂島太平さんが生存している可能性が出てきたので、確認が必要だという判断です」

正好は理解を示すようにうなずいた。

「お兄さんやお姉さんは、第三者のなりすましだとおっしゃっていました。ブログなんかを根拠に裁判所が人の生死を判断するなんていい加減ですね、と呆れられました。大崎さんはどうお考えですか」

来たな、と身構える。

正好は気取《けど》られないように深呼吸した。膝の上で拳を握り、デスクに若干身を乗り出した。

「ブログは慎重に調べるべきです。親父が生きている可能性は高いです」

真壁は虚を衝《つ》かれたように目を見開いた。

「ええと……大崎さんはブログに信憑性があると？」

「俺が密告したって言わないでくださいよ。姉と兄は、第三者が知るはずのない内容が書かれている、って言っていました。だからブログは本物だって」

当然、作り話だ。

「詳細な内容でしたので、私もその点はお兄さんとお姉さんに伺いました。お二人は、父親の日記を入手した第三者が嫌がらせでアップロードしたんだ、と口を揃えておっしゃっていました」

「『失踪宣告』を心待ちにしている二人は、家裁にはそれで押し切る、と口裏を合わせていましたが、実際は親父が生きている可能性を考えているようでした」

「……大崎さんがそんな暴露をされるとは思いませんでした」

意外そうな口ぶりだった。

それはそうだろう。『失踪宣告』が出ないかぎり、自分も遺産を相続できないのだから。

『失踪宣告』を妨害するメリットは何もない。

普通なら。

「……兄や姉ほど親父に死んでほしいと切望しているわけじゃありませんから」

正好は答えてから小さく息をついた。

——『失踪宣告』を引き延ばせ。

父のブログの件で家庭裁判所に呼び出されている、と告げたとき、相葉が悪だくみをする顔でそう言った。

真壁はいぶかしげな表情をしていた。

「以前の大崎さんは、堂島さんをずいぶん憎まれていて、『失踪宣告』で死んでくれる親父に感謝しなきゃ、とまでおっしゃいました。この半年で何か心境の変化が？」

当然の質問だ。前回の面会での態度を考えれば、突っ込まれるのは分かっていた。

「心境の変化なんてないですよ。俺とお袋を捨てた親父のことは今でも憎んでますからね」

以前の感情は否定しないほうがいいだろう。突然態度が百八十度変わったら怪しまれる。

「ただ、親父のブログを見て、心を掻き乱されたんです」正好は苦渋が滲んだ表情を作った。「親父は俺ら母子のことなんかすっかり忘れていると思っていました。でも、俺たちを追い出した過去を悔やむ記述があって……」

真壁は無言でうなずいた。

「忘れられていなかった――。それが分かったとき、自分でも感情をどうしたらいいか分からなくなって。心のどこかには、親父への想いが残っていたのかもしれません」

神妙な口調を意識した。真壁が信じてくれるといいのだが――。

正好は表情を崩さないまま、上目遣いに彼をちらっと見やった。真壁は同情の色を浮かべている。

欺けたのか、それとも、信じたポーズなのか。

耳に蘇ってくるのは相葉の声だ。

――『失踪宣告』が出ちまったら、遺産の独り占めはできねえぞ。三等分されて終わり。だから時間を稼げ。そして相続が行われるまでに邪魔者を排除しよう。

邪魔者の排除――か。

喉から手が出るほど遺産を欲している兄と姉が弟に出し抜かれ、愕然としている姿を目にするのは、さぞ痛快だろう。後妻の子として二人には散々見下されてきた。

そう考えると、相葉と組むのは悪くない話だった。

相葉の目的は分かりやすく、三億の分け前だ。

大金だが、もし遺産を独り占めできたら、相葉に三億を払っても六億が残る。倍だ。考えるまでもなかった。

「真壁さん」正好は言った。「兄と姉の虚言を鵜呑みにしないで、慎重に調査してください」

11

都会の夜景を睥睨できるバーに足を踏み入れたのは、初めての経験だった。

高層のシティホテルの最上階にあり、途中の二十五階までしか到達しないエレベーターを乗り換える必要があった。入り口に『係の者がご案内するまでお待ちください』と看板が立っている。奥では黒服の男性店員が客に酒を提供していた。

呼びかけるべきかどうか、この手の店に不慣れなので分からなかった。正好は一分ほど突っ立っていた。

やがて、男性店員がやって来た。

「一名様ですか？」

「……いや、待ち合わせですけど」

「どうぞ、お客様」

男性店員が取り澄ました顔で率先して歩いていく。

居酒屋で予約しているときのように待ち合わせ相手の名前を訊かれるかと思ったが、そんなことはなかった。それがこの手の店のシステムなのだろうか。

店内は適度に薄暗く、奥の座席の客たちは影と化している。壁の一面を占める窓ガラスからは、闇夜の中、地上の建物の輝きが見下ろせる。

数々の酒のボトルが照明に照らされる棚の前には、大理石張りのカウンターがある。スツールには数人の男女が座っている。だが、兄や姉の姿はなかった。

考えてみれば、密談の場所にカウンター席は選ばないだろう。

正好は歩きながら店内を見回した。ドレスコードがあるのかどうかは分からないが、自分のようなジーンズ姿の客は見当たらず、誰もが盛装していた。追い返されないということは問題ないのだろうが、分不相応な気がして――事実そのとおりなのだが――落ち着かない。

奥のワインレッドのソファに、兄と姉が座っていた。

「あちらでございます」

正好は二人の向かいに座った。楕円のガラステーブルを挟む。先妻の子と後妻の子――。意識的なのか無意識なのか、席の並びも区別されていた。

「ご注文がお決まりになりましたらお呼びください」

男性店員は黒革張りのメニューを置き、去って行った。

正好は二人を一瞥した後、メニューに目を落とした。聞き覚えのないカクテルやワインの名前が羅列されている。

辛うじてブラッディマリーやドライマティーニという名前だけ、分かる。

正好は兄や姉と同じように脚を組み、メニューをガラステーブルに放るように置いた。

「ビールはないのかよ、気取ってんな」

知ったかぶりしても恥を掻くだけだし、二人には見透かされるのが明白だったので、あえて粗野に振る舞うことでプライドを保った。ちっぽけな自尊心でも、踏みにじられたくない。

正好は店員に呼びかけようと店内を見回した。声を出そうとしたとき、先手を打つように兄が軽く手を挙げた。指の力の抜き具合が自然で、不本意ながらスマートに見えた。

数人の黒服店員は常に店内の様子に目を配っているらしく、呼びかけなくてもすぐさまやって来た。

兄の視線が滑ってくる。注文しろ、と目で命じていた。

「……マティーニを」

黒服店員は「かしこまりました」と答え、カウンターのほうへ消えた。

「で」口火を切ったのは兄だった。「どうだった?」

二人に見つめられ、自分一人が不安の種として扱われているのだと悟った。

まあ、無理もない。十七年半前に縁が切れたと思っていた〝弟〟など、信じる気にはなれないのだろう。心底見下しているから、家裁調査官の前でボロを出すのではないか、と不安視している。

「問題なく乗り切ったよ」

正好は素知らぬ顔で答えた。

兄は鼻で笑う。

「ビジネスなら一発で無能扱いされる報告だな。いや、報告ですらない、ただの個人の感想だ」

――株で遊んでいっぱしのビジネスマン気取りかよ。

正好は生まれる反発心を抑え込み、兄たちの期待に沿う作り話をした。

マティーニが運ばれてくると、口をつけた。舌がひりひりするほど辛く、喉を潤すことはできなかった。

――慣れないカクテルなんて飲むもんじゃないな。

正好はカクテルグラスを置き、嘆息した。

「他に質問は?」

「本当にそれで全部?」姉が不審そうに言った。「報告し忘れはない?」

「俺は姉貴の部下じゃない。偉そうな言い方するなよ」

「漏れなく報告しなさい」

一歩も引き下がらないあたり、姉らしい。

正好は舌打ちした。

「話したとおりだ」

「……そう。じゃ、とりあえず変に疑われてはいないわけね。あんたにしちゃ上出来じゃないの」

長年会ってもいないくせに俺の何を知っているんだよ——という苛立ちが頭をもたげた。最初から無能な格下だと侮っているのだろう。

ま、いいさ、と内心で笑う。相葉と組んで出し抜いてやるからな。後妻の子というだけで見下される現状から抜け出してやる。

「兄貴たちこそ、どんな話をしたんだよ」

「……お前と同じだよ。ブログの件について訊かれて、内容が事実かどうか確認された。嫌がらせで押し通した」

「右に同じ」姉はスリットが入ったスカートスーツから伸びる脚を組み替えると、血の色のカクテルに口をつけた。「事情を知らないのはあたしも同じだから、ボロの出しようがない」

「相続妨害のブログであることは間違いないんだから、俺らとしては裁判所の賢明な判断を期待するしかない」

「『失踪宣告』を出さないのは裁判所なんだから、裁判所が動くべきでしょ。発信者を突き止めて、引っ張り出して、悪意を証明してもらわなきゃ」

「そこまではできないらしい」

「役立たずね。こんなの、いくらでも嫌がらせできるじゃない。官報や掲示板で失踪中の人間の名前を確認して、『誰々をどこどこで見かけた』って嘘の投書を匿名で送るとか。そんなときも『失踪宣告』を出さないってわけ？」

「そんな悪意の嫌がらせはない、なんて性善説めいた思い込みで成り立ってる制度なんだろうな。結局、投稿者不明のブログ一つで制度が捻《ね》じ曲げられた」

正好はマティーニに口をつけようとし、やめた。病院のようなアルコール臭が強いうえに辛すぎ、どうも口に合わない。

「裁判所も匿名の投書じゃ動かないだろ、いくら何でも」正好は言った。「今回は、親父がパスワードを管理していたプライベートのブログが更新されて、しかも本人しか書けないような内容だったから、慎重になってんだろ」

『失踪宣告』が先送りになっても自分が疑われないよう、正好はそれっぽい論理を語っておいた。

後妻の子である〝愚弟〟に反論されたことが気に食わなかったのか、姉は眉間に露骨な縦皺を作った。

「あんた、どっちの味方？」

——兄貴と姉貴の敵だよ。

「別に。冷静に状況を分析しただけだ」

「は？　あたしが感情的だっての？」

——事実そうだろ。

小馬鹿にするように言い返したかったが、自重した。遺産相続を待ち望む〝同志〟だと思わせなければならない。

「とにかく」兄が言った。「現状、分からないことが多すぎる。遺言書は誰が持ち去ったのか。父さんは何を書いていたのか」

しばらく沈黙が続いた。

正好は頃合を見計らい、デジタルカメラを取り出した。安物のノートと一緒にテーブルに置く。

兄と姉が不審そうな眼差しを向けた。

「何それ」姉が訊く。

正好はデジタルカメラに触れながら言った。

「遺品の目録を作ろうと思ってな」

「遺品の目録?」兄が訊き返した。

「遺産は公平に分けるんだろ。だったら、親父の遺品目録を作って、価値も踏まえて誰が何を貰うか、決めておかなきゃな」

「そのカメラは?」

「後で揉めないよう、写真を撮っておくんだよ。目録を作るのに役立つだろ」

「図々しいわね、あんた」姉が声を尖らせた。「三億だけじゃ飽き足らないってわけ?」

「……姉貴らは散々援助されてきたんだろ。むしろ、三等分じゃ不公平なくらいだ」

「甘い顔を見せたら付け上がって」

「権利はきっちり主張させてもらう」

姉は苛立たしげに脚を組み替えた。親指の爪を嚙みながら、しばらく思案するように黙り込んだ。

やがて、姉は鬱陶しそうなため息と共に言った。

「……目録はあたしが作る。文句ある?」

姉の急な手のひら返しが不自然で、正好は眉を顰めた。

「俺がやったら困るのかよ」

「素人に物の価値が分かるの?　いい加減な目録作られても困るのよね。兄さんもそう思うでしょ」

兄が素っ気なく答えた。

「ま、そうだな。目利きができなきゃ話にならない。だけど――」兄は姉を一睨みした。

「俺にアンティークの知識がないからって、誤魔化したりするなよ」

「当たり前でしょ。あたしにもプロとしてのプライドがあるんだから」

「信じるよ。一応、な」

姉は伝票を兄のほうへ滑らせると、立ち上がった。

「あたしはもう帰るわ。仕事も増えちゃったことだし」

兄は伝票を取り上げた。

「俺も帰る。暇じゃないんでね」

二人が立ち去ると、正好は一人残された。マティーニを無理やり飲み干してから立ち上がる。

真正面のテーブル席に近づき、背中を向けてグラスを口に運んでいる男に話しかけた。

「今のが兄貴と姉貴です」

男は背を向けたまま答えた。

「まあ、座れよ」

正好はテーブルを回ると、対面のソファに座り、サングラスをかけている相葉と向かい合った。

兄たちと待ち合わせていることを事前に告げると、本人たちの人間性を直《じか》に見て話も盗み聞きしたいと言われた。それで相葉は兄たちと背中合わせに座り、客を装って耳を澄ませていたのだ。

「俺が睨んだとおりだな」

相葉が満足げな笑みを浮かべた。

「……何で俺にあんな提案をさせたんですか？」

遺品の目録作りは相葉の指示だった。たしかに遺品も含めて三等分してもらわねば困るが、彼には違う意図があるようだった。それを事前に訊いても、教えてくれなかった。

――目論見があるって顔に出ちゃ困るんだよ。何の腹積もりもない純粋な提案だって思わせたほうが効果的だ。

相葉はそう言った。

もっともだと思ったから、素直に従った。

相葉は黒服店員にマタドールを注文すると、正好を焦らすように酒を待ち、運ばれてきた琥珀《こはく》色の液体に口をつけた。

正好はその姿をじっと見つめた。

「それ、美味しいですか？」

やがる」

「ん?」相葉はグラスを軽く傾け、中の氷を鳴らしてみせた。縁にはパイナップルが飾ってある。「テキーラベースだけど、パイナップルとライムのジュースのおかげで辛くはねえな。気取った酒場は——ラウンジって言うのか? ま、いいや。酒まで気取ってやがる」

まったく同感だ。その点は気が合う。

「馴染みの酒場で飲んだマタドールは、飾り気がなくて味ももっと男臭かったのによ」

相葉は不満げにグラスをテーブルに置いた。そして——ニヤッと笑みを浮かべた。

「目録の話を出したとき、姉貴がずいぶん焦ってたろ」

「たしかに」

「お前が質に入れようとした花瓶や皿、既製品だったよな。アンティークの一点ものじゃなく。俺の見立てじゃ、元々は高価な本物だったんだろうぜ」

「え? 元々はって——」

「姉貴がくすねて売っぱらったんだよ。間違いねえ」

「まさか」

「その証拠があの焦り具合さ。金が必要だったから、何点か、既製品と交換して金にしたんだ。だからこそ、お前に写真付きで目録を作られたくなかったのさ」

そういうことか。なぜ相葉が目録作りを提案するよう指示したのか、理解した。確信を得るためだったのだ。

「兄貴はアンティークに詳しくないみたいだけどよ、さすがに館から美術品が何点も——あるいは何十点も消えていたら、気づくだろ。だから似た既製品と置き換えたんだよ。ま、早い話が遺品の横領さ」

「じゃあ、それを訴えたら姉貴は相続の権利を失うんじゃ——」

相葉はマタドールに口をつけようとし、やめた。琥珀色の液体に浮いた氷の塊を人差し指の際で軽く突っつく。

「残念ながらそこまでは無理だろうな。すり替えの物証がねえし、仮にあったとしても、金に困って親の持ち物を売った程度じゃ、決定打にはならねえよ。その分、遺品の分配で涙を呑むって言や、法もそこまで無情な裁定は下さねえだろ」

「……そうですか」

「ま、人間性は知れたよな。金のためなら身内も出し抜こうとする」

正好は自嘲の苦笑を漏らした。

「俺も同じですけどね」

「強欲な連中を出し抜くのは悪じゃねえよ。お前だって一泡吹かせてやりたいだろ」

「それはまあ……」

「だろ。何にしろ、遺品の横領は後々《のちのち》、最後の一押しに役立つかもしんねえな」

相葉は今度はマタドールを一口飲んだ。煙草を取り出して咥《くわ》え、ライターをつけた。

「——申しわけありません、お客様」黒服店員が歩み寄ってきた。「当ラウンジは禁煙でございますので」

相葉はサングラスごしに彼を見上げると、嘆息と共にライターの火を消した。

「どこもかしこも禁煙ばっかだな」火のついていない煙草を拳の中で握り潰した。「酒は煙草臭《くせ》え中で飲みてえよ」

煙草を吸わない自分には理解できない気持ちだった。

「それにしても——」正好はふと思い出し、気になっていることを訊いた。「『失踪宣告』を妨害して本当に良かったんですか?」

相葉が「ん?」と一瞥を寄越した。

「いや、親父の死が法で認められなきゃ、遺産が相続できませんよ。もし『失踪宣告』が出ないことになったら——」

「心配すんな」相葉は自信満々の笑みを見せた。「朦朧がんだったんだろ。堂島太平は間違いなく死んでる。家裁もブログを根拠に生存を認めたりしないさ。そんなことをすりゃ、物笑いの種だ」

「だといいですけど……」

「法律が死を認定するのも重大事だけど、法律が生を認定するのもまた重大事なんだぜ。

何年も行方不明になっている人間がいたとして、そいつのＳＮＳが更新されたからって、裁判所が『法的に生存が確認できました！』なんて発表すると思うか？」

言われてみればそうかもしれない。

相葉が自信満々の笑みを見せた。

「うまくいったら気安い店で乾杯しようぜ」

12

『絶望』

私は全てを告白した。正直な気持ちも語り聞かせた。それには覚悟が必要だった。

Ａ子は目を剝いた後、絨毯に視線を落とし、つぶやいた。

「……そうだろうと思っていました」

声には苦渋が滲み出ていた。

「察していたのか？」

「言葉の端々で、薄々」

「……すまない」

赦《ゆる》しを乞うのも違う気がして、私はそのまま沈黙した。

A子はきっと顔を上げた。

「あたしが今までどんなに苦労してきたか……」

彼女は声を荒らげたものの、続けて口をついて出そうになった怒りと罵倒は辛うじて呑み込んだようだった。

「……私の話を聞いてくれないか」

A子は答えなかったが、私は自分の生い立ちを語りはじめた。戦後の日本を生き抜いてきた男の回顧めいた戯言だが、私自身のことを――私の人生を彼女に知ってほしかった。

焼け野原から復興を目指した東京――。

父は戦死し、母は女手一つで私を育てた。幼かった私は、着物などを持った母に手を引かれるまま列車に乗り、近郊の農家へ向かった。現代のインドネシアやインドの光景のように、帰りの満員列車の屋根に人が大勢群がっていたことが記憶に残っている。

配給だけでは生活できず、ヤミ行為に走るしかなかったのである。

手持ちのものと食料を交換してきた人々でいっぱいの列車の中に、ときおり警察が乗り込んできて、市民の〝命〟を取り上げていく。抵抗した母は殴られた。はち切れそうなほど膨れ上がったリュックサックが強奪されたときは、警察官の脚に摑みかかり、嚙みついて阻止しようとした。だが、蹴り剝がされ、座席の隙間でうめくしかなかった。

その日を生きるだけで精いっぱいだった少年期。母も私もがりがりに痩せ、数少ない衣服はぶかぶかのまま着ているしかなかった。物乞いの真似事もした。

血の味がするような惨めさを噛み締め、金で苦労したからこそ将来は決してそうなるまいと決意した。東北にある祖父母の土地――猫の額のようなものだったが――を売ったことにより、学費が手に入り、大学まで出ることができた。周りは中卒高卒で働きに出ざるをえない者たちが多い中、僥倖《ぎょうこう》だった。

その後、私は証券会社に入社し、徐々に株の世界にのめり込んでいく――。

私はふと現実に返り、語るのをやめた。

Ａ子に老人の昔の苦労話など語り聞かせて、私は一体どんな反応を期待していたというのか。

「……忘れてくれ」

私が言うと、Ａ子は「そうですか」と素っ気なく答えた。何を聞こうが聞くまいが、関心はない、と言いたげな口ぶりだ。

気まずい沈黙が降りてきたが、そう感じているのは私だけで、彼女は意に介していないかもしれぬ。

「……買い物に行ってきます」

彼女は立ち上がり、外出の支度をはじめた。私はその様子を黙って眺め続けた。

A子は準備を終え、さっさと出て行った。彼女が外出していると、私は何もすることがなく、ただ漫然と時を過ごさなくてはならぬ。

私は横たわったまま天井を見つめ続けた。

孤独感を抱えた私は、過去に復讐されているような気がしていた。憎まれたまま死を迎える人生とは、果たして意味があったのか。健康で生命力にあふれていたころの私は、他人から嫉妬され、憎まれることこそ、成功の証であると考えていた。実際、富と権力と知名度を得るに従い、私に敵意を向ける者も増えた。単なるやっかみもあれば、私に蹴落とされた恨みもあった。

私はどうすれば償えるのだろう。

どんなときでも金銭で解決してきた私は、他に方法を知らない。残された時間を考えても、金以外の償い方は難しいだろう。もっとも、今まで贖罪《しよくざい》で金を払ったことなどなく、他人を支配下に置くためか、不都合な事実を黙らせるために支払っていた。

A子は外出先から帰宅すると、テーブルに買い物袋を置き、中身を取り出した。コンビニ弁当だった。乱雑に詰まっているのは鮭や卵焼き、豆など、どれも新鮮さがなく、安物だと一目で分かる。

贅沢を言うつもりはない。だが、彼女に食事で恨みをぶつけられているように思えてならぬ。

私は痛む体を起こしてテーブルについた。箸を手に取り、コンビニ弁当の蓋を外した。鮭の身をほぐそうとするものの、手が震え、難しかった。A子の顔を窺うも、彼女は前髪で目元を隠したまま黙々と食事を続けている。

私は強い拒絶の空気を感じ取り、手助けを要求することはできなかった。

仕方なく、悪戦苦闘しながら食事を摂った。箸をナイフのように扱い、身を潰すようにして鮭を切り分ける。鮭を座卓にぽろぽろとこぼしながら口に運ぶ。

私が三口食べるあいだに、彼女は半分以上食べている。私は急《せ》いた気持ちになり、無意識のうちに、咀嚼《そしやく》して飲み込む速度が上がっていた。細かな鮭の身が喉に詰まり、噎《む》せた。咳《せき》と共に鮭の粒と唾が飛び散る。

A子は無言でバッグからハンカチを取り出すと、まぶたを伏せたまま自分の頬を軽く拭った。まるで長女のようだ。

私は口を押さえながら再び咳き込んだ。

A子は私に一瞥を寄越すと、買い物袋から茶のペットボトルを取り出し、グラスに注いで突き出した。

私は彼女を見返した。

グラスは引っ込められることはなかった。受け取って茶を飲むと、ようやく咳が止まった。

私はコンビニ弁当を半分以上残し、食事を終えた。一人で満足に飯も食えない自分が情けない。

「……終わりですか？」

A子は無感情に訊いた。

もう食欲は失《う》せていた。私はうなずくしかなかった。

「そうですか」

A子は弁当に蓋をすると、冷蔵庫に突っ込んだ。

「残しておくのか？」

私が背中に問うと、彼女は振り向いて困惑顔を見せた。

「捨てたらもったいないでしょう？　明日の食事にします」

「私のか？」

「他に誰が？」

私は苦笑した。

コンビニ弁当の残り物か。しかし、贅沢を言える立場ではない。

食べ終えると、私はいよいよ起きているのがつらくなり、布団に横たわった。

A子はそんな私をしり目に週刊誌を読んでいた。話しかける話題もなく、私は目を閉じた。

彼女は意図的に私を苦しめようとしているのではないか。彼女の態度を見るにつけ、そう思えてしまう。

だが、それならそれで構わないと思う。世のあらゆる物事には因果があり、自身の行動の結果は自身に返るものである。誰かに憎まれ、復讐されるとしたら、それは私が招いた結果とも言える。死期を意識し、全てをありのまま受け入れる覚悟をしたとき、そのような境地に達した。

以前の私ならば、〝因果〟という概念は持たず、立ちはだかる者は単なる敵としか考えていなかった。

私は目を開けると、A子の横顔を見つめた。

「腰を――揉んでくれないか」

A子は振り向くと、眉を顰めた。

「……あたしはホームヘルパーじゃありません」

「腰が痛むんだ」

「マッサージがお望みなら専門家を雇ってください。そのくらいのお金はお持ちでしょう?」

皮肉の棘《とげ》が忍び込んだ口調だった。

A子は遠回しに金銭を要求しているのだろうか。私に彼女の真意を推し量ることはできなかった。

結局、私は脂汗まみれの顔を歪めながら何とか激痛に耐え、必死で平気なふりをした。A子は手持無沙汰になったのか、携帯を触りはじめた。液晶を見つめながら親指で操作している。

A子の拒絶を前にすると、私は会話の端緒も見出せず、黙っているしかなかった。毎日毎日、私は置物も同然だった。座敷牢に監禁されているような虚無の孤独感である。苦しむためだけに私は生かされているのではないか。

自らの手で成功を勝ち取り、欲しい物は全て手に入れた私の人生に残ったのは、何だったのか。私は得ているつもりで失っていたのかもしれぬ。

そうだとすれば、私の人生には一体どのような意味があったのか。

やがてA子は無言で部屋を出て行った。

部屋に独り取り残されると、絶望感が蛇のように絡みつき、喉を締め上げていく。私は首を押さえながら息苦しさに喘《あえ》ぎ続けた。全身を襲う激痛と相まって、声も出せない。

なぜ死に際にこれほど苦しまねばならないのか。私の人生はどこで誤ったのか。

遺産の行く末など気にする余裕は消え失せ、ただただ滂沱《ぼうだ》の涙を流した。

痛みの大波が引いていくと、私は壁に背中を預けた。

考えることに疲れてしまった。

見上げた先の壁には開口部があった。私はそこに目を奪われたまま、視線を引き剝がせなかった。頭に棲《す》みついたよからぬ考えを振り払えない。

私は壁を支えに腰を上げた。部屋の中を見回し、そこらじゅうを漁った。縄の類いを探した。丈夫な麻縄とまでは言わない。せめて五、六十キロの重量に耐えられるだけの紐《ひも》さえあれば……。

目に入ったのは――白装束を連想させる純白のシーツだった。

私は疲弊しきった体に鞭《むち》打ち、気力を振り絞って立ち上がった。シーツを手に取り、紐の形にしごいてみる。

縄に比べると、長さは物足りないが、強度は充分そうだった。

まさかこのような最期を迎えるとは想像もしていなかった。だが、死に方を自分で選択する、というのは、ある意味では、自らの意思で人生を切り開いてきた私らしいのかもしれぬ。

私は椅子を引っ張ってきた。安定を確かめ、背もたれを鷲摑みにして登る。壁に手をつき、バランスを取った。そして――シーツを開口部に引っかけ、輪を作った。

白い輪っかを通し、あの世を眺めている気分になる。

辞世の句でもしたためるべきかと思ったが、一度でも椅子から降りたら再びよじ登る気力も体力もないだろう。

死は救済なのか。

一度しか死ねない人間には、答えは決して分からない。死は永遠の無だからこそ、誰もが好き勝手に美化する。そうすることによって最期の一線を踏み越えやすくしているのだろう。

若かりしころの私は——いや、老いてからはなおさら——、どうせ死は誰にでも訪れるものなのだからわざわざ自分で〝フライング〟せずともよいだろう、と他人の自殺事件に呆れていた。だが、今なら死に救いを求める者の気持ちが理解できる。

これは弱さなのか？

私が毛嫌いしてきた弱さなのか？

誰が何と罵ろうと構うものか。死が永遠の無である以上、死後にどのようなそしりを受けようとも、何も感じないのだから……。

私はシーツの輪に首を差し入れた。まだ軽く当てているだけなのに、喉仏に触れている布の感触が妙に生々しく、数分後には必ず訪れる死を現実のものとして意識させられた。

第一発見者となるA子には迷惑をかけるだろう。

そう思い至るのは、私の頭の中にまだどこか冷静な部分があるのかもしれぬ。

いや、自ら死を選択しようとしている時点で、もはや冷静とは言えまい。結局のところ、誰にどのような迷惑をかけようとも、私は決断したのである。

長年打ち続けてきた私の心臓は、燃え尽きる直前の蠟燭《ろうそく》同様、これが最期とばかりに激しく鼓動していた。乱れる呼吸のたび、饐《す》えたような息の臭いが鼻をつく。

目を閉じ、深呼吸する。

そして――私は椅子を蹴倒した。支えが消えたとたん、重力に従って全身が落下する。地獄まで落ちるような感覚は一瞬だけで、首に全体重がかかって落下は停止した。

押し潰した声が口から漏れた気がするが、記憶はさだかではない。私は両脚をばたつかせていたように思う。苦痛は短く、すぐさま脳がとろけていく。

遠のく意識の中、A子の声が聞こえた気がした。幻聴かどうか判別がつかず、私はそのまま〝快楽〟に身をゆだねた。だが、重力に逆らって体が持ち上がったかと思うと、急に喉が解放された。

私はそのまま引っくり返った。

目を開けると、薄ぼんやりとした視界いっぱいにA子の顔があった。


一週間置きに更新されるブログ、そして――恒例の人民裁判。

正好は皮肉な思いでリビングに立っていた。呼び出された愛子は、華奢な肩を縮こまらせ、絨毯を睨みつけている。彼女も自分のパソコンかスマートフォンで父のブログは確認しているのだろう。事情は把握しているようだった。

姉はローテーブルのノートパソコンに歩み寄り、父のブログを下にスクロールした。

「あんた、遺産が貰えないって分かったとたん、ずいぶん露骨ね。笑える」

前回更新されたブログでは、献身的なA子に対し、父は一時的に遺産を譲ることも考えたようだった。だが、口にしてから思い直し、『冗談だ。本気にするな』と切り捨てている。最新のブログでは、A子が父を素っ気なく扱う様子が描写されていた。

「献身的だったのも打算があったってことでしょ。資産家が終末期の世話をしてくれた人間に遺産を遺す、なんて話、たまにあるものね。あんたの目当てもそれだったんでしょ。自殺を止めたのも、生かしておけばまだ翻意の可能性があるって算段よね」

「ま、待ってください！」愛子が声を上げた。「濡れ衣です。旦那様は自殺など、されませんでした。私も首吊りの現場に居合わせたりはしていません」

証拠がない以上、水掛け論にすぎない。

正好はノートパソコンを引き寄せると、前回のブログから読み直してみた。

父の世話をしていた人間が愛子しかいない以上、A子が愛子なのはまず間違いないだろう。では、愛子が遺産目当てに兄や姉の悪口を吹き込んでいた可能性はどうなのか。

二人を貶《おとし》め、自分の株を上げれば、相対的に差が開き、父も愛子に感謝して彼女に遺産を譲りたいという遺言を遺すかもしれない。動機はある。だが、愛子自身はブログに書かれていたような言動の大半を否定している。

父の私室から消えた遺言書を含め、このズレは一体何なのか。

13

真壁が家庭裁判所の調査官室に迎え入れたのは、使用人の愛子だ。彼女は控えめな洋服に身を包んでいる。

愛子は向かいの椅子に腰掛けた。

真壁は改めて挨拶すると、デスクの上で両手の指を絡め、落ち着いた声音を意識して切り出した。

「半年ぶりですね。その後はいかがでしょう?」

愛子はまぶたを伏せ気味にしている。

「……覚えのないこともブログに書かれて、正直、困っています」

「やはり堂島家の中での居心地は悪いですか?」

「居心地と言いますか——幸い、仕事としては月に二度のお掃除ですし、館に住んでいるわけではありませんが、ブログの更新のたびに呼び出され、責められます」

「三人から？」

「主に美智香様です」

「たとえば、どのように？」

愛子は不安げに顔を上げた。

「私が話した内容は――」

「外には一切漏れません。もちろん、堂島家の皆さんに知られることはありません。安心して正直に話してください」

愛子はためらいがちにうなずくと、ブログが更新されてから浴びせられた理不尽な疑いの数々を語った。

真壁はメモしながら聞いていた。

「私からもお訊きしたいことがあります。あなたは半年前の面会のとき、言いましたよね。『失踪宣告』は出さないでください、と」

愛子の顔に緊張が滲み出た。

「……はい」

「堂島貴彦さんと堂島美智香さんが資金繰りに苦しんでいて、いかに遺産目当てで動いているか、話してくれました。今もそうですか？」

「はい。お二人は、一刻も早く『失踪宣告』が出ることを望んでいます。表向きの言葉は信じないでください」

真壁は彼女の目をじっと見返した。

彼女自身は露骨に『失踪宣告』を阻止したがっている。それは一年間尽くしてきた堂島太平への恩義などではなく、私情が根底にあるのではないかと感じる。堂島貴彦や堂島美智香に虐げられた恨みだろうか？

しかし――。

「堂島太平さんが失踪する前、堂島貴彦さんと堂島美智香さんが訪ねてきたときはお金の無心ばかりだった、というお話でしたね」

「はい」

真壁は資料に目を落とした。

「二人は滅多に訪ねてこなかった、それぞれ片手で数えるほどだった、というお話でしたが、ということは、二人とはそれほど接点があるわけではない？」

愛子は若干警戒を滲ませたまま、「はい」とうなずいた。「ブログの更新がはじまってからのほうが多いくらいです」

「……少し気になるんですが、あなたの発言を聞いていると、二人に対して敵意があるように感じられます。日ごろひどい扱いを受けていたからかとも考えたんですが、毎日のように顔を合わせていたわけでないなら、そこまで不満や憎しみが溜《た》まるとも思えません」

「それは――旦那様をないがしろにしたお二人に好感が持てないだけです。私は旦那様のお世話をして、旦那様がどれほど思い悩まれていたか、よく知っています。相続のことも含めて。だからです」

全くの嘘ではないだろう。だが、それだけではないはずだ。

「好感が持てないというだけで、裁判所が『失踪宣告』を出すことに反対するでしょうか？」

「旦那様がお二人に遺産を相続させたがっていなかったので、私はそのお気持ちを叶《かな》えてあげたいと思って……」

「相続させたがっていない、ということは、ブログに書かれている堂島太平氏の心情はおおむね事実ということですか？」

「そうだと思います。旦那様はお金の無心ばかりのお二人にうんざりされていましたから」

「とはいえ、相続は権利です。権利者でもないあなたがそれすらも反対する――というのは少々行き過ぎではないでしょうか」

「私は別に――」

愛子は言いよどんだまま黙り込んだ。

彼女はまだ何か隠している――。

それが愛子と面会して得た心証だった。

「ところで――ブログに登場するA子さんとは、愛子さん、あなたのことなのでしょうか？」

確認の必要がある、重要なことだった。

愛子は一瞬、当惑を見せた。

「何か？」

「……実はあまり自分のことのような気がしなくて――」

「というと？」

「旦那様から伺ったことのあるお話ももちろん書いてはあるのですが、私は旦那様の自殺現場に居合わせてはいません。会話も――一言一句を覚えているわけではありませんが、私なら言わないような発言も書いてあります」

「堂島美智香さんは、父は認知症だったからブログは出鱈目《でたらめ》だ、と」

愛子は思案するように間を置き、深呼吸した。吐き出された息には緊張が絡みついている。

「認知症は――旦那様の嘘です」

唐突な告白に反応が遅れた。

「え？」

「私だけは聞かされていました。ボケたふりをしていれば人の本音が分かる、とおっしゃっていて」

彼女は堂島太平から語り聞かされた話をした。周りの人間の誠実さを試すための詐病だという。医者を金で抱き込み、家族の前で虚偽の診断結果を報告させたらしい。

堂島貴彦も堂島美智香もまんまと信じ込まされていた。二人共、認知症を疑ってもいなかった。

「詐病を告白されるほど、あなたは堂島太平さんに信用されていたんですか？」

「……いえ、そうではないと思います。たぶん、お世話をしている私の目を誤魔化すのは難しいとお考えだったのではないでしょうか。それなら最初から話して味方にしておいたほうがいい、ということだと思います」

筋は通っている。だが、安易に彼女の証言を信じるのもどうか。

果たして認知症は事実だったのか否か。

「認知症が詐病だったとすれば、ブログの内容は正確だということになりますが、実際は不正確と思われる箇所がいくつもあるんですよね？」

「……はい。理由は分かりませんが」

「仮にA子さんがあなたでないなら、誰か心当たりはありますか」

「心当たりと言われても……旦那様をお世話していたのは私だけです。他には誰もいません」

「たとえば、愛人のような存在は？」

「私は住み込みでお世話していましたから、そのような女性がいればすぐ気づいたはずです」

「では、やはりA子さんはあなたですか？」

愛子は少し考える顔をした。

「……ふと思ったんですが、一つ可能性があります」

「それは――？」

「私が雇われたのは、旦那様の失踪の一年前です。それ以前のことは分かりません」

「つまり、A子さんはあなたの前任の使用人かもしれない、と」

「あくまで可能性です。お二人からそんな話は聞いたことがありません。もし他に使用人がいたなら、私だけをあんなに疑わない気もしますし、正直、分かりません」

愛子は家庭裁判所を出ると、抜けるような晴天を仰ぎ見た。心臓はまだばくばくと高鳴っている。

真壁の追及には胆《きも》を冷やした。

決して他人に知られてはならない真実——。

愛子は息を吐き出した。

失踪前の堂島太平の言葉が蘇る。

——相続が行われないかぎり、お前に毎月金を振り込む。

それは失踪計画を知ってしまった人間への口止め料だった。彼としては、毎日世話してくれている使用人の協力なしに実行は難しい、と考えたのだ。この〝契約〟があったからこそ、彼が姿を晦ませるために手を貸し、何も知らない演技を続けてきた。

失踪決行日は、最寄駅の防犯カメラに映ることを避けるため、頼まれるまま、車を運転して東京駅へ送った。彼がその後どこへ向かったかまでは知らない。彼も口にしなかった。おそらく誰のことも信じていなかったのだろう。

堂島太平に命じられたとおり、翌日になってから騒ぎ立てた。実際に彼が館を出たのは午後八時ごろだったが、朝起きたら忽然と消えていた、と嘘をついた。

堂島太平の失踪後、もし美智香が料理教室を持たせるという約束を守ってくれていたら、真相を話したかもしれない。いや、自分を偽るのはやめよう。料理教室を開くことができていても、毎月振り込まれる口止め料を捨てはしなかっただろう。

『失踪宣告』さえ出なければ、相続は行われず、毎月の振り込みが続くのだ。だからこそ、真壁には貴彦と美智香が隠したい事情を暴露しただけでなく、堂島太平の失踪に裏があるように匂わせ、思わせぶりな発言で疑念を植えつけた。

——そういえば、あんた、父が失踪してから金回りがよくなってたわね。身に着けるアクセサリーやネイルが派手になって。

美智香から追及されたときは動揺し、言葉に詰まった。この先、堂島太平がブログで何を暴露するか分からない。館での仕事を続ければ彼との密約もいずれ発覚するだろう。

堂島太平は失踪することで子供たちへの遺産相続を阻止した。どこで最期を迎えたのかは分からない。だが、家族のことすら敵視していたくらいだから、きっと孤独な死だっただろう。

莫大な資産を有していても、哀れで、寂しい老人だ。

愛子は家庭裁判所を見上げた後、背を向けた。

もう館での仕事を続ける必要性は感じなかった。


『贖罪』

A子は私を布団に寝かせていた。彼女は救急車を呼ぼうとしたが、私は全身に走る激痛に苦悶《くもん》しながら身を起こし、制止した。

「救急車は困る」

Ａ子が小首を傾げる。

「なぜですか」

理由は答えられなかった。

「個人的な事情だ」

私はぴしゃりと撥《は》ねつけた。有無を言わせぬ空気を表情と口調で作ったつもりだった。

Ａ子は重ねて問いたそうに口を開いたものの、誰しも踏み込むべきではない領域を持っていることを悟ったのか、そのまま唇を結んだ。

「何かあったとき、あたしは責任はとれませんよ」

「君に責任をとらせるつもりはない。そもそも、私を助ける必要など、なかった」

半ば自暴自棄になっていたから、投げやりな言いざまになった。Ａ子は不快そうに眉根を寄せた。

「……そうですね、助けなければよかった」

「そのとおりだ。私が頼んだわけではない」

彼女にむざむざ救われるくらいならば、いっそのこと、あのまま死んでしまいたかった。

「ひどい言い草ですね」

「私は昔から勝手だった。今さら変わらない」

変わるには遅すぎる。私にできるとしたら、短い最後のわずかな時間だけ善人のふりをするくらいだ。だが、偽善者を忌み嫌い、むしろ露悪的な人間に好感を抱いていた私には、それも難しいだろう。

私はそっぽを向いた。

思いがけず命を救われたことにより、彼女に弱みを握られたような心境に陥っていたのである。それは私の本意ではなく、動揺が拭い去れぬまま、どう会話していいのか分からなかった。雄弁で、常に話術で優位性を保っていた私にとって、自分でも信じられぬことだった。

Ａ子の視線を横顔に感じる。だが、私はもう彼女と目を合わせはしなかった。

嘆息が耳に入る。

「……本当に一一九番は不要なんですか？」

念押しというより、迷惑がっている本音が透けて見える問い方だ。だが、私の答えは変わらなかった。会話の機微に気づきながらも、鈍感なフリをし、「不要だ」と一言で切り捨てた。

突如、肺に砂が詰まっているような苦しさがあり、私は咳をした。血潮が撒き散ったのではないかと思ったが、布団を汚したのは私の唾だけだった。

苦痛の合間に目を開けると、Ａ子は無感情な目でじっと見つめていた。私の健康になど、何の関心もないかのように。

「……迷惑をかけるつもりはない」

私が言うと、Ａ子は素っ気なく答えた。

「そう願います。あたしだって、いつまでも面倒を見る気はありませんから」

私は天井を仰ぎ見ると、静かに息を吐き出した。彼女が立ち上がろうとする気配を感じる。

「なあ」

私は彼女に視線を移した。

Ａ子が中腰のまま動きを止める。

「……何ですか？」

「少し話を――私の個人的な話を聞いてくれないか」

一命を取り留めたのは、死ぬにはほんの少し早い、という神のお告げかもしれぬ。

Ａ子はうんざりした顔で答えた。

「あたしも暇じゃないんです」

「……頼む」

頼む――か。私の長い人生の中、果たして何度口にしただろう。記憶にあるかぎり、今回が初めてだ。

切実な哀訴の響きを嗅ぎ取ったのか、A子は仕方なさそうに腰を下ろした。

「少しだけなら」

自分で請うておきながら、私は言葉に詰まった。

「どうぞ」

私は数秒、沈黙した。過去のものとはいえ、自身の罪を語るには、勇気を掻き集めなければならなかった。この私に勇気というものが必要になったことに驚く。

「もう十数年前のことだ。私は――一人の男を破滅に追いやった。私の持つ人脈を駆使し、罠《わな》に嵌《は》めたのだ」

「罠――？」

「仕事を潰した。路頭に迷うよう、仕向けた。当時の私はそれに正当性があると思い込んでいたのだ」

彼女は嫌悪感を滲ませた顔で聞いていた。

無理もない。私がした行為は卑劣極まる。

「命が残り少ないと知ったとき、罪をこの世に遺したまま逝くことについて、日々考えるようになった。私は罪を償うべきだと思うか？」

「……分かりません」

私は目を閉じ、過去を見た。

「その当事者はもう死んでいる。自殺だ。妻も心労で亡くなっている。私は償うべき相手を失ったのだ」

「なら、そもそも何もできないじゃないですか」

「そうだな。私も一度は諦めた。もうあの世で会って詫《わ》びるしかない、と。しかし私が地獄へ落ちるとしたら、再会も叶わん。そう思ったとき、ある町に当事者の子が住んでいることが分かった。私はどうすべきか迷っている。君はどう思う？」

「……罪って償えるものなんでしょうか」

質問に質問で返されると、尋問されている気になる。だが、それで答えが出るなら構わぬ。

即断即決――。そうやって弱肉強食の世の中をしぶとく生き残ってきた私だが、今回ばかりは何が正しいか、自分では決断できなかったのである。

濃霧に包まれている道でも、進まねばならぬときが一生に何度かは訪れる。

「どうなのだろうな。ただ、正直言えば、その町を訪ね、その子に会ってみたいと思っている」

「……あたしに背中を押してほしいんですか？　そういう役目を期待されているなら申しわけないですが、あなたの代わりに答えを出すことはできません」

Ａ子の言い分はもっともである。中途半端な〝告白〟を聞かされても困るだろう。

「すまんな。君に私の選択を預けるつもりはなかった」

それは筋違いである。私が私の罪をどうするかは、私自身が決めねばならぬ。

私は話を切り上げようとしたが、A子は問うた。

「その子供に会ったとき、正体を明かすつもりなんですか?」

「正体?」

「つまり、あなたの父親を破滅させたのは自分だ、と告白するつもりなのか、ということです」

「……分からん」

「大事なことだと思いますけど」

私の覚悟の甘さを咎める口ぶりだった。

「……何が正しいかは誰にも分からん」

「分からん——って、そればっかりですね、さっきから。率直に言えば、罪を告白せずに赦されることはありません。懺悔《ざんげ》だって、罪の告白からはじまるじゃないですか。たとえば、慰謝料とかのつもりで金銭を渡したとしても、相手が何のお金か分かっていないなら、所詮、自己満足じゃないですか。自分で勝手に『お金を渡したし、これで赦された』と決めるんですか?」

彼女の論理は正しすぎるほどに正しく、私の胸をえぐった。痛む胸からは出血しているようでさえあった。

「破滅させた本人が死んでいる以上、遺族に償っても、それが本当の償いになるんでしょうか」

反論はできない。私が犯した〝罪〟は、被害の当事者がもうこの世にいない以上、何をしようとも一生償うことができない。結局のところ、私は他の人間に罪滅ぼしをすることで、赦されようとしているのである。

「あなたはどうしたいんですか？」

先ほどまでの詰問口調ではなく、教誨師《きょうかいし》を思わせる、どこか慈愛が感じられる口ぶりだった。

「私は――」

自分の心の深奥を探ってみる。自分は一体何を望んでいるのか。容易には答えられなかった。

「――私は、償いの機会を与えてほしいのだ。そのためにも……残されたその子に罪を告白したい」

A子は神妙な顔でうなずいた。

「だったら、迷わず会いに行くべきです」

14

正好は雑草が生えっ放しの空き地の隣にある、築三十年の二階建てアパートの前に立っていた。

二週間とちょっとしか経っていないのに、ずいぶん久しぶりに帰ってきた気がする。父の洋館に慣れると、書斎ひとつにすっぽり収まりそうなアパートは、ひどくみすぼらしく、貧乏の象徴のように見える。

正好は錆びついた鉄製階段を軋ませながら上り、ドアを開けた。必要最低限の家具以外は、小ぢんまりした母の仏壇や骨壺《こつつぼ》だけ——。

仏壇の前に正座し、線香を上げた。花火を終えた後の残り香のような、物悲しい香りを嗅ぎながら手を合わせる。

——必ず親父の遺産を手に入れてやるからな。

金がないから、病気で倒れた母に高額の最先端医療を受けさせてやれず、葬儀も最安値のプランしか選べず、遺骨もそのままだ。堂島家を追われてからは、惨めな生活を送り、最期も哀れだった。金があれば、母にこれほど寂しい思いをさせることもなかっただろう。

遺産が手に入れば墓も建ててやれる。自分自身、他人から見下される人生にもおさらばできる。

懸念事項があるとすれば——。

兄や姉からDNA鑑定を要求されたらどうなるか。

母は、堂島家を追われた理由については決して語らなかった。問い詰めても、言葉を濁すだけだった。どんなに鈍感な人間でも薄々察する。

浮気——。

後妻の座についたとき、母はまだ二十四歳だった。年齢差は二十歳。母の目からは、父は〝オヤジ〟に見えただろう。馴れ初めは聞いたことがないが、純粋な恋愛関係で相思相愛だったとは思えない。

母には本命の相手がいたのではないか。

正好は目を開け、母の遺影を見つめた。白黒写真の母が儚《はかな》げな微笑を浮かべ、見返している。

——なあ、母さん、あれは一体誰だったんだ？

闘病中の母が神奈川県に行きたいと言い出した。入院していたので、医師は当然、難色を示した。だが、どうしても、と言い張り、仕方なく息子として付き添った。それが母の希望であるならば、後悔がないよう叶えてやりたいと思ったのだ。

母が訪れた先は、墓地だった。あの夕暮れのことは、鮮明に記憶に焼きついている。母の体を支えながら墓場を歩き回り、『松野《まつの》家之墓』と刻まれた墓石の前に立った。

——誰の墓？

訊こうとしたものの、母の横顔は深刻で、まるで結ばれぬまま死に別れた初恋の相手の墓でも眺めているような、苦渋と悔恨が入り交じった表情を目にしては、何も訊けなかった。

浮気が知られて堂島家を追い出されたのだとしたら、自分は本当に堂島太平の息子なのか。

漠然とした疑問を抱いた。

母は十分以上、墓石に向かい合っていた。唇を小さく動かし続けていたものの、何を語りかけているのかは聞き取れなかった。唯一、最後の最後に母が漏らしたつぶやきだけは分かった。

——私があんなふうに簡単に諦めなければ……。

男女の機微に疎い若造でも、母の気持ちは想像できる。

金か愛か——。

当時の母は二者択一の中で葛藤したのだろう。母は最終的に堂島太平を——彼の後ろにある金を選択した。母の性格を思えば、贅沢な暮らしに目が眩《くら》んだわけではないと思う。そう信じている。愛より金を選ばねばならない切実な理由があったはずだ。だが、結局は母の過去の後悔を掘り返すのが忍びなく、最期まで訊けずじまいだった。今となっては、問いかけても答えてくれる母はこの世にいない。

母が浮気して堂島家を追い出されたとしたら、兄や姉がその理由に感づいていないとは思えない。今のところは、〃弟〃が浮気相手の子かもしれない、とまでは疑っていないのだろう。遺産を少しでも多く手に入れたがっている二人が自分たちとのDNA鑑定を要求したら、どうすればいいのか。

堂島太平の血を引いているならば何も問題ない。だが、もし違ったら？　きょうだいとのDNA鑑定によって、父子関係が否定されたら？

法律的な専門知識はないが、遺産は目の前で霧散してしまうのではないか。認知がどうとか、複雑な問題が絡んでくるだろう。相続人から即、弾かれるのか、裁判の結果を待つことになるのか。いずれにせよ、遺産相続が難しくなるのは間違いない。

二人に疑念を抱かれないようにしなければならない。

『決断』

私の罪は一体どうすれば償えるのか。十数年前に私が手を回して破滅させた男は、すでにこの世にいない。残された身内は一人。娘がいるという。

顔も知らぬ彼女を訪ねるべきか否か。

私は答えを出せぬまま、何日か悩み続けた。今さら死んだ男の一人娘を訪ね、何を言うつもりだ？　君の父親を死に追いやったのは私だ、すまなかった、と謝るのか？　そもそも、自己満足の欺瞞《ぎまん》的謝罪に何の意味がある？　自分の死の前に罪を清算したいだけではないか。しかも、謝ったところで清算できるとも思えぬ。

膵臓がんの苦しみと共に悩むうち、私は決断した。座して待つよりも、行動すべきだろう。その結果、何がどうなろうとそれが運命だ。

神仏を全く信じなかった私は、死を意識して初めて神の存在を考えた。

私はハンチングを目深に被り、眼鏡をかけ、マスクをした。

駅まで歩き、杖《つえ》をつきながら構内へ進み入った。バリアフリーが行き届いており、エスカレーターを利用できたから、膝が弱っていても一人で移動できる。周辺にある防犯カメラをついつい目で追ってしまう。不審な動作は慎まねばならぬ。

万が一にも痕跡を残さないよう、私は現金で切符を買った。不慣れだったので少し手間取り、背後からの舌打ちを聞いた。改札を抜け、ホームへ向かう。

最近の駅は親切が行き過ぎてむしろ不親切で、老人には難解だ。電光掲示板にはややこしい数字があふれ、読み終える前に日本語が消えて英語、中国語、韓国語が流れる。路線を間違えれば、どこへ連れていかれるか分からない。

生き急ぐように早足で構内を歩いていく若者たち――。

間違っていない。人生は長いようで短い。どれほど生きても足りず、最期は後悔するだろう。

私は慎重にホームを探し、電車に乗った。席は埋まっており、大勢の乗客と共に押し込まれていく。

発車すると、闇夜を映す窓ガラスを眺めながら過ごした。二つ目の駅で結構な人数が降り、車内に少しゆとりができた。座席に座っていた短髪の青年が席を立ち、「どうぞ」と声をかけてきた。今の私は座ると立ち上がるのが億劫になりそうだった。最悪の場合、腰を落ち着けてうとうとし、そのまま二度と目覚めないのではないか。

「いや、結構」

私が断ると、青年は居心地悪そうに身じろぎし、目を泳がせながら再び座席に座った。もう私を見ようとはしなかった。

私は永遠に走り続けそうな電車に乗り続けた。K市に着くと、深呼吸して気持ちを整え、降りる。

地図には、彼女のアパートに印を付けてある。

タクシーを使えばあっという間だろうが、その代わり足がつく危険性がある。目的のためには足跡を残すわけにはいかない。

私の体力を根こそぎ削り取りそうな寒風が吹きつけるたび、全身の激痛がぶり返す。私は重石《おもし》がのしかかったように曲がった腰をときおり伸ばし、住宅街をさ迷い歩いた。何げなく天を振り仰ぐと、漆黒のベールを広げた夜空に居座る青白い満月が残酷なまでに美しく、しばし見惚《みと》れた。

戦後の東京で育った私は、焼け野原が記憶に焼きついている。高度経済成長と共に目まぐるしく開発されていく町を見てきたからか、発達した都会にこそ美を感じていた。だが、今の私は人工物ではなく、当たり前のように世界に存在し続けた月に目を奪われている。

それは私自身が遠からず天に還《かえ》ろうとしているからだろうか。いや、罪深い私のことである。行き先は地獄かもしれぬ。

私は、冬尺蛾《ふゆしやくが》が纏わりつく街灯の下に立ち、再び地図を確認した。おそらく、方向は合っているはずだ。

だが――。

私は彼女に会って何をしようとしているのか。罪の告白か。罪滅ぼしに金銭を渡したいのか。

答えが出せぬまま会ったところで意味があるだろうか。とはいえ、私に残された時間を思えば、答えが出るまで悠長に待っているわけにはいかない。

何しろ、今夜眠りについたまま目覚めぬ可能性もあるのだから。

私はようやく目当てのアパートを発見した。時刻は夜の十時前。窓明かりが漏れている部屋はない。

夜遅くに訪ねるのはさすがに礼儀知らずだろう。命の蠟燭がどれほど短くとも、それは私の問題である。そもそも、私の存在も知らぬ相手に何をどう切り出せばいいのか。

夜風に打ちのめされながら、私は写真を取り出して眺めた。探偵が入手した彼女の写真である。

美人とは言い難く、どちらかと言えば器量が悪い部類だろう。朝のゴミ出しの瞬間を切り取ってあるから、すっぴんなのかもしれないが、それを差し引いても印象は変わらない。独身らしいが、すでに所帯じみており、活力も感じられない。自身を襲った度重なる不幸が生気を奪ってしまったのだろうか。

もしそうであれば、私にも責任の一端がある。いや、私が元凶と表現しても差し支えはないだろう。

私はブロック塀に背中を預け、再び満月を仰いだ。吐いた真っ白い息は、私自身の魂を連想させた。

夜を明かしてから訪ねるにしても、私は一体どこに宿泊すればいいのか。

身分証の提示を求められず、偽名でも追及されない安ホテルや安宿が近くにあるだろうか。

動こうとしても体力はほとんど残っていなかった。血液の代わりに毒液が血管内を流れているような老体は、今にも命を手放しそうだ。

私はブロック塀に背を擦りつけながら腰を落とした。重力に引っ張り下ろされたかのようだった。

微風にたやすく搔っ攫《さら》われて霧散するほど弱々しい息を吐き、少しでも体力が戻るのを待った。だが、へたり込んだまま立ち上がる気力もなく、死神の息吹に似た冬風にただただ凍えるしかなかった。体を走る激痛も凍りついてしまえばいいのに、と思う。

私は目を閉じ、運命に身をゆだねようとした。靴音が耳に入ったのはそのときだった。

億劫ながら薄目を開けると、買い物袋を提げたシルエットが目に入った。

私はそこで彼女と出会った。

15

正好はブログを読み終えると、兄や姉と顔を見合わせた。沈黙が降りているリビングでは、暖炉の薪が爆ぜる音だけがしている。

「お父さんは何か過去の罪を償うために出て行ったわけ？」

姉が顰めっ面で兄を見やる。

「そのようだな」

「破滅させた男の一人娘ってのは誰？」

「俺に訊くな。父さんが過去に潰してきた人間なんて、両手足の指でも数え切れないだろ」

「それはそうだけど……潰した人間の中でもこの相手だけ特別なの？　命を失う前にわざわざ会いに行くほど？」

兄は外国人のように肩をすくめてみせた。仕事か豪遊か知らないが、頻繁に海外に行っているらしい兄の仕草は自然だった。着こなしているオーダーメイドのスーツと同じく、馴染んで見える。

父は一体誰に何をしたのか。

「お父さんの失踪はその関係？」

姉の問いに答えられる者はいなかった。

「たとえば、この出会った娘に殺されたとか。遺体がどこかに埋められたとしたら、お父さんがある日いきなり消えてしまった理由にも説明がつくじゃない」

今までは、遺産相続の妨害で姿を晦ませた、と散々激怒していたのに、ころっと考えを変えている。だが、可能性としてはありうる話だった。

正好は「どう思う?」と兄に水を向けてみた。

兄はアームチェアに腰を下ろすと、脚を投げ出し、肘掛けに腕を横たえた。

「書かれている一人娘の復讐って線は薄いだろうな。そのタイミングで殺されていたら、このブログは書けない」

「意味不明なことばかり!」姉が怒鳴り散らした。「これからどうすんのよ!」

愛子が姿を消したのも、苛立ちに拍車をかけているようだ。姉によると、アパートを見に行ったところ、もぬけの殻だったらしい。姉から責め立てられる毎日に耐えかねたのだろう。ブログにあるような外出があったのかどうか、今は確認もできない。

姉は『本性が見破られそうになったから逃げたのよ!』と当たり散らし、探偵を雇って行方を捜させる、と息巻いていた。

正好は丸形のコーヒーテーブルに置かれたノートパソコンに歩み寄り、改めてブログを読み返した。

読み取れる部分を整理すると――。

父は過去に何か罪深いことをし、一人の男を破滅させた。死を意識したとき、そのことを後悔している自分に気づいた。だが、何をどうすればいいのか、自分一人では答えを出せなかった。苦悩を吐き出せる相手が身近にいなかったのだろう、父は重要な部分はぼかした形でA子に相談した。

A子と話すことにより、覚悟が決まったのか、父は〝彼女〟に会うためにK市へ向かった。足取りを追われないよう、用心に用心を重ねている。

〝罪〟を告白して憎悪を受けてでも、死ぬ前に贖罪したかったのだろうか。

父は〝彼女〟のアパートにたどり着いたとき、そこで本人に出会った——。

正好は息を吐きながら振り向いた。姉は髪を掻き毟《むし》りながら、苛立った熊のようにリビング内を歩き回っていた。兄は腕組みしたまま目を閉じ、天井を仰いでいる。

父は〝彼女〟に会った後、何をし、どうなったのだろう。罪を告白したのか。しなかったのか。告白したとして、赦されたのか。赦されなかったのか。

兄は立ち上がると、近づいてきた。ノートパソコンを荒っぽく閉じ、振り返る。

「父さんがどうなったか、次の更新で分かるだろ。現時点じゃ、推測しかできない」


一週間後にまたブログは更新された。

だが——。

『ノンタイトル』

前回の続きは感情的になりすぎるため、割愛する。

16

正好は意外に思いながらノートパソコンの画面を見つめていた。

兄がキーボードに手のひらを叩きつけた。画面がエクセルに切り替わり、無意味な文字が一瞬で並ぶ。手はわなわなと震えている。

「舐めてんの！」姉が吐き捨てた。「思わせぶりに書き立てながら、続きを伏せるって何？」

「……踊らされてんな、俺たち」

「これじゃ、何も分からないじゃない！」

「そうだな。父さんは〝彼女〟とやらに会った後、何をしたのか。どうなったのか。ヒントすらない」

憤懣《ふんまん》をあらわにする二人を見ながら、〝彼女〟と会った父がどうなったか、思いを巡らせた。そのとき、ふいにスマートフォンが震えた。

「トイレ」

正好は自然な声を意識し、早足でリビングを出た。特に怪しまれはしなかったようだ。

ホールのほうへ歩きながら電話に出る。

「相葉さん」

「よう。今は一人か?」

「一人になりました」

「そっちの様子は?」

正好は現状について伝えた。兄と姉の様子や、姿を消した使用人の愛子のことや、DNA鑑定への不安など——。

「自分が堂島家と血の繋がりがないと思ってんのか?」

「……分かりません。正直、絶対あるとは言えません。母が浮気していたとしたら——」

「そうだったらややこしいことになるかもな」

「はい」

「もしもの事態に備えて法的な問題は俺も調べておくよ。ところでブログは見たか?」

「たった今。〝彼女〟について肝腎の部分が伏せてあって、何も分かんなかったですけどね」

「分からねえことは、チャンスでもある」

「え?」

「償いたい相手に会ってどうしたか、記されてないことはうまく利用できるかもしんねえ」

「いや、意味が全然……」

「とりあえず、堂島太平の手書きのメモとか、直筆のもんをいくつか入手してくれ。午後七時に駅前の『ニキータ』って喫茶店の裏の路地で落ち合おうぜ」

相葉は意味ありげな台詞を残し、電話を切った。

しばらく兄と姉の不満や愚痴に付き合った。従順に見せかけなければいけない。

二人が外出した隙に父の書斎を漁り、直筆のメモなどを探し集めた。そして夕方を待って館を出た。駅前へ向かい、『ニキータ』を見つけ出した。路地に踏み入ると、暗闇の中に蛍を思わせる仄明《ほのあ》かりが明滅していた。

奥から人影が進み出てきた。相変わらず、ストライプのスーツを着こなしている相葉だった。火のついた煙草を咥えている。

「持ってきたか？」

「ええ」正好は鞄を開け、紙の束を差し出した。「これです」

相葉はそれを受け取り、中身を確かめた。必要なのは内容ではないだろう。

「それより、分からないことがどうチャンスになるのか、俺にも教えてくださいよ」

「焦んなよ」

「でも——」

「ちょっとはもったいぶらせろよな」相葉は紫煙を吐き出した。細い煙が立ち上っていく。「堂島太平が〝彼女〟に会ってどうしたか、何を話したか、何も記されていないってことは、いくらでもでっち上げられる、ってことだ」

「でっち上げ……？」

「ま、切り札だよ。楽しみにしとけ」

「何か怖いですけど……」

「その切り札も、使うためには〝彼女〟の正体を突き止めなきゃな。兄貴や姉貴に先に見つけられたら、利用できねえ」

「俺は何をすれば？」

「……愛子って使用人に話を聞ければ、何か分かりそうだけどな。堂島太平は自分の償い方を相談してたっていうし、もしかしたら、ブログに書かれてない話までしてたかもしんねえ。でも――姿を消したんだろ？」

「忽然と」

　相葉は耳の裏側を人差し指で掻いた。

「債務者ならつてを使って捜し出せるけどよ。一般市民じゃ、俺の専門外だ」

　愛子を疑っている姉は、探偵社に依頼して捜し出すと息巻いている。発見は姉のほうが早いのではないか。

　そう言うと、相葉は煙草を落とし、靴底でにじり消した。

「使用人はともかく、ブログの〝彼女〟は先を越されたくねえ。手がかりがあったらすぐに教えてくれ」

『告白』

死を前にして私は罪を嚙み締めている。

ある日届いた後妻からのメールが原因だった。手紙と違い、メールは私がどこにいようとも届くのである。それは差し出し人が我が子であろうとも、弁護士であろうとも、例外はない。

他のメールと同じく読まずに削除することも考えた。だが、私は開いてしまった。今さら一体何なのか。私が死の淵《ふち》に立っていることを聞きつけ、あざ笑う言葉を綴ったのだとしたら——それはそれで構わぬ。

だが、私は思わぬ内容に瞠目《どうもく》した。

後妻は病を患って床に臥せっており、もう長くないという。

膵臓がんの私より先に逝くかもしれぬとは——これほど残酷なことがあるだろうか。彼女のほうが二十歳も若いのである。たとえ私を裏切った女であろうと、同情する。それは私自身、遠からずあらゆるしがらみから解放される身だからかもしれぬ。

メールを読み進めると、そこに綴られていたのは——。

あのとき自分がもっと強く否定していれば、という後悔だ。後妻は、私が離縁するきっかけとなった男との関係を否定していた。

私信であるから内容の全文に触れはしない。

後妻は私同様、死を前にして後悔に襲われたようだ。自分がもっと強く浮気を否定していれば、彼を死なせずにすんだのに——という後悔に。

彼は東京の下町で町工場を経営している男だった。後妻の高校時代の同級生で、当時は三十代後半だ。父親が脳梗塞で倒れ、急遽《きゆうきよ》、社長の座を引き継いだという。

本来ならば素人が舵を取る工場など、すぐさま潰れていただろうが、人望はあったようで、先代に尽くしていた者たちが補佐していた。

だが、平成の世に変わってしばらくするとバブルは弾け、世は不景気に喘いでいた。町工場の生存競争も激化していた。彼が社長の椅子に座った時期が、悪かった。年月と共に業績は悪化し、奇跡的な起死回生の一手がないかぎり、閉鎖は免れなかった。

私は腹の奥底で烈火のごとく燃え盛る怒りを隠し、裏から手を回した。とある銀行に働きかけ、彼に融資の可能性を匂わせた。もちろん私の名前は決して表に出てこない。

何も知らない彼は小躍りして喜んだだろう。作業の効率化のために最新の機械を発注し、苦境を打破しようとしていたからである。だが、私はぎりぎりのタイミングで融資を断らせた。

結果は説明するまでもない。

あてが外れた町工場は、持ち直すどころか逆に莫大な借金を背負い、あっという間に潰れた。その後、彼がどうなったか、私は全く関心がなかった。

後妻のメールによると、彼は町工場が潰れた後も、工員たちに給金を払おうと苦心したあげく、にっちもさっちもいかなくなり、首を吊ったという。

私は思いがけず動揺した。

生き馬の目を抜く株の世界で生きてきた私にとって、嵌められようが何をされようが、勝負に負けた以上は愚かな敗者であり、敗者は弱さの象徴だった。私は大勢の屍《しかばね》——もちろん比喩的な意味ではあるが、中にはそうなった者もいるかもしれない——を踏み台にし、今の地位を築き上げた。敗者の存在など、気に留めたことがない。

だが、いざ自分自身に死が見えてくると、価値観も変容するのか、彼の自殺が石の十字架となってのしかかってきた。

他人を蹴落とし、自分の勝利だけを生き甲斐としてきた私に残ったのは、一体何だったのか。

私が敗者になると分かったとたん、潮が引くように人々は去り、残った者は私の死肉を食い漁るハイエナばかりだった。

私は何度も後妻のメールを読み返した。潔白を主張し、遠からず訪れる自分自身の死に触れ、私の膵臓がんに同情の言葉を綴り、息子は間違いなくあなたの子です、と結ばれている。

以前なら、私の病気を知った後妻が病を装って潔白に信憑性を持たせ、次男の相続の権利を剝奪されないよう巧妙な一手を打ったのではないか、と疑ったかもしれぬ。

全てが真実であるならば、私は無実の人間の人生を破滅させ、自殺に追いやり、後妻と実子と訣別《けつべつ》したことになる。死を前にして残酷な現実を知るはめになったのは、私への天罰なのか、それとも、過ちを償う機会を与えてくれたのか。

何にせよ、私は自分の中に芽生えた後悔の念に気づいた。

あのとき、何があったのか。後妻のメールの内容を伏せておく代わりに、私の目線で、私の言葉で、正直に語ろうと思う。

発端は長女の注進である。

ある日のことだった。私は長女から茶封筒を手渡された。

「あの女の正体よ、お父さん」

長女は後妻を母と呼んだことはない。常日ごろから〝財産目当てで父親に取り入った邪魔者〟と見なしていた。実際問題、私の再婚で遺産の取り分は確実に減るのだから、先妻の子の一人として危惧する気持ちは理解できる。

私も仲立ちなどは考えなかった。先妻と後妻の子同士が仲良くする必要など感じなかったし、私自身、円満な家庭を望んで再婚したわけではない。そのとき私が愛した女と結婚したにすぎぬ。

だが、再婚が自分の損得に関わってくる長女としては、看過できぬ問題だったのだろう。探偵に後妻を調査させ、意気揚々とその結果を持参した。

茶封筒を開けると、調査報告書と共に複数枚の写真が出てきた。カフェで後妻が同年代の男と親しげに会話している姿だった。対面に座る後妻が身を乗り出し、相手の二の腕に触れている一枚もある。

「関係は十五年くらい前から続いてるみたいで、同級生いわく、大学時代に開いた高校の同窓会でそういう関係になったんだって」

密告者特有の、あなたのために秘密を打ち明けます、という響きを帯びた囁き声だった。

「××って、本当にお父さんの血を引いているの？」

長女は次男の名前を出し、私に問いかけた。問いの形をとっていたが、実質、疑念の押しつけである。

後妻との歳の差、二十歳。私が老い、還暦を間近に控えたころ、彼女はまだまだ女盛りだった。

誰もが欲しがるもの――金や資産、権力――を持っていると、他人の善意や愛を信じられなくなる。誰もがそれを目当てに近寄ってきているのではないか、と疑心暗鬼に陥る。実際、〝昭和の大物相場師〟という二つ名がその界隈《かいわい》で広まるにつれ、甘言を弄し、おべっかを使い、あの手この手で私に取り入ろうとする者が後を絶たなくなり、誰も彼もが詐欺師に見えるようになった。

そんなとき、私は長女の囁きに耳を傾けてしまった。

人は誰しも自分が信じたいものを信じるものである。他人を警戒している人間を騙すのは骨が折れるが、その人間が進みたい方向に背中を押してやるだけならたやすい。答えが最初から決まっている人間には囁き一つで充分だ。望んでいる答えを裏付ける話を与えてやればいい。誰かを悪人だと信じたがっている人間に、その人間の悪行を話せば、事実無根のデマだったとしてもそれに飛びつき、鵜呑みにする。

一度は本気で愛した女ですら、私は信じられなくなっていた。彼女の言い分には何一つ耳を貸そうとしなかった。彼女も所詮、私の周りの人間と同類だと決めつけた。たぶん、私はそのときに人を信じる心を捨てたのだと思う。

直接問い詰めたとき、後妻が目を逸らし、返答に窮したのが何よりの答えだと思った。後妻が強く弁明しなかったことにより、私は後妻と離婚し、次男ともども追い出した。

そして長い年月が経ち――。

死を前にした後妻からのメールで私は事の真相を知るのである。

以前その男と関係があったのは事実だという。調査報告書のとおり、大学時代に同窓会で再会し、燃えるような恋に落ちた。互いに独身の身だったからそれ自体は何ら責められることではない。彼女いわく、私と婚約したときにはもう付き合いはなくなっていた。

だが、十数年が経ったある日、元同級生の女友達から急に連絡があり、彼の窮状を伝えられた。

私に後ろめたさを覚えつつも、彼に会い、話を聞いた。彼の町工場の経営が危なくなり、一家が路頭に迷う寸前だという。元恋人が想像以上の苦境に立たされていると分かり、少しでも力になりたいと考えた。何とか助けたいと思ったものの、経営の手助けなどできるはずもない。

自分の夫ならあらゆる業界に繋がりを持っており、多方面に顔も利くが、相手が相手だけに救いを求めるわけにはいかないと考え、結局、個人的に金銭を手渡すことにした。後妻は私から贈られた数少ない宝石類を質に入れ、金を捻出した。彼は最初は断った。そんなことをされても困る――と。

だが、後妻は『あなたの家族のために』と引き下がらなかった。私へのメールによると、そこに愛や恋といった感情はなく、ただ、私との生活に対する無力感から、誰かの役に立ちたかったそうだ。

何不自由ない生活と引き換えに充足感を失った。それは〝贅沢病〟だと自覚していたから誰にも相談できず、惰性の毎日を無為に過ごしていた。だからこそ、彼の力になることで、自尊心が満たされる気がした――。

彼女はメールで謝罪していた。心の隙間を埋めたかったとはいえ、このような形で埋めるべきではなかった、不誠実だった、と。私に浮気を問い詰められたとき、強く否定できなかったのは、色んな後ろめたさがあったからだという。

メールを読み終えた私は、意外にも彼女の告白を信じる気持ちになっていた。

当時の私は長女の囁きに耳を貸し、後妻を疑った。だが、改めて考えると、出来すぎではないかと思う。彼女のもとに突然、元同級生の女友達から連絡があり、元恋人の窮状を告げられる――。

そこに何者かの作為が介在しなかったか。長女から渡された調査報告書に虚偽はなかったか。

今となっては証拠は何も残っていまい。

私はもっと後妻と対話すべきだったのである。結局、私自身の猜疑心が原因で二人を追い出すことになった。

長男と長女はこれで遺産の取り分が増えたことになる。健康だった当時の私は、遺産目当ての策謀など疑いもしなかった。

だからこそ、私はその男の一人娘に償いたいと思うようになったのである。後悔を抱えたとき、この数年間の孤独が走馬灯のように蘇ってきた。

17

正好は姉のアンティーク家具のショップに怒鳴り込んだ。雇われ店長の女性は正好の剣幕におろおろし、「すぐオーナーを呼んでまいります」と店の奥へ姿を消した。

堂島家を追われた原因が姉にあったとは——。

正好は怒りを噛み締めたまま、店内を見回した。館に揃えてあるようなアンティーク家具が所狭しと展示されている。

猫脚のダイニングチェア、装飾が彫り込まれたマホガニー製らしきキャビネット、曲線が美しいマガジンラック付きのテーブル、宮殿にでも飾られていそうな——ロココ調というのだろうか——楕円のミラー、ワインレッドの座面にゴールドの猫脚が派手なカウチソファ、アイアン製のシャンデリア——。

自分のアパートに置いてある家具とは桁が二つは違うだろう。姉が本場で買い集めた品々か。もし傷つけたら何年バイトしなければならないのか。まあ、遺産が手に入れば店ごと買えるかもしれないが。

やがて、ヒールの硬質な音と共に姉がやって来た。先ほどの雇われ店長は現れなかった。身内の話には邪魔だからだろう。

姉は白系の家具の前に立ち、腕組みをした。自分の〝城〟の中では誰よりも権力を持つ女王であるかのように。

いや、館でも外でも姉の尊大な態度は変わらないな。

苦笑いを漏らすと、姉はすぐさま不機嫌な顔つきに変貌した。

「何がおかしいの？」

「いや」

「癇《かん》に障る笑い方、しないでちょうだい」

「……俺だって笑いたくないし、笑えない。俺が何で店にまで来たか分かってるか？」

姉は冷笑を浮かべた。

「お父さんのブログを見たからでしょ、どうせ」

——分かっていながらこの平然とした態度か。

「さすが姉貴。遺産の取り分が一番大きな邪魔者を見事に排除したな」

父の疑心は的中していると確信があった。姉は後妻に遺産を半分も取られることが我慢ならなかったのだ。だからこそ、裏から手を回し、母と元恋人が再会するように謀ったのではないか。あわよくば浮気現場を押さえられるかもしれない、と期待して。

「姉貴が仕組んで俺らを追い出したのか？」

姉は例のごとく挑発的に顎を持ち上げた。

「だったら？」

「遺産の取り分を増やしたかったんだろ」

「貰えるものは多いほうがいいじゃない。違う？　あんただってそうでしょ」

「そのために家族を追い出させたのか？」

姉は鼻で笑った。

「家族って――遺産目当ての後妻でしょ」

「遺産目当ては姉貴だろ。姉貴は親父が健康なうちから――十七年以上も前から、遺産相続のことを考えてた。後妻とその子供が家を追い出されるように仕組んだんだ」

姉は嘲笑するような表情を変えなかった。

「言いがかりはよしてよ。あたしは後妻を不審に思ったから探偵を雇って調べさせた。そうしたら思いがけず同級生との親密なシーンが撮れた。それだけよ」

「ブログじゃ、親父は姉貴の策略を暴露してたけどな」

「被害妄想を信じるわけ？」

「被害妄想とは思えない」

「そう？　お父さんは自分の過ちを認めたくなくて、誰かのせいにしたくなったんでしょ。それくらいの心理、読めないわけ？　責任転嫁ってやつ。保身よ、保身。あんた、ひょっとして被害を訴えている人間の主張なら無条件で信じるタイプ？」

「そういう話じゃないだろ、これ」

「今の世の中、先に言ったもん勝ちの被害者天国なのよね。より先に被害者になったほうが有利ってわけ。頭の悪い人間は、自称・被害者が何でそういう発言をしているのかっていう、動機や心情や背景を想像する程度の知性もないから困るわ。お父さんの場合は後悔の重さに耐えきれなかったんでしょ。ま、あたしのせいにして平穏に死ねるなら、それでもいいけど」

正好は歯噛みした。

悔しいが、姉は弁が立つ。父はたしかに自分のしでかした〝復讐〟を強く後悔していた。自殺者も出ているのだ。娘さえ余計なことを言ってこなければ――という逆恨みも不思議ではない。

だが、引き下がるわけにはいかない。

「狡猾《こうかつ》だよな、姉貴。相続権を持ってる邪魔者を排除しようと十七年以上も前に動いていたなんて、誰も疑わないもんな。その頭の回転力、どうやったら身につくんだ？」

「あんたとは――」姉は自分のこめかみを人差し指で二度突っついた。「ここが違うのよ」

「……知恵が回っても俺の排除までは無理だったみたいだな」

「感謝しなさい」

「お袋が罠に嵌められなきゃ、親子で七割近くの遺産が手に入ったんだ。感謝なんかできるか」

「貰えるだけありがたく思いなさいってことよ」

話してもこれ以上は意味がなさそうだ。正好は苛立ちを抱えたまま店を出た。

向かった先は、雑居ビルの一階にある相葉の事務所だった。スチールの簡素なデスクと本棚があるのみだ。いつでも夜逃げできそうだ。

相葉は安っぽいチェアに座り、煙草を吸っていた。「どうも」と声をかけると、彼は灰皿で火をにじり消した。

「どうだった？」

正好は対面のチェアに腰を下ろすと、黙ってポケットから小型のボイスレコーダーを取り出し、デスクに置いた。

相葉はそれを引き寄せ、再生ボタンを押した。流れてくるのは姉の声だ。彼は音声にしばらく耳を傾け、停止した。

「どうです？」

父の最新のブログを読んだ後、相葉に連絡すると、姉の店に怒鳴り込んで言質を取るよう、命じられた。だから感情をあらわにしたり、挑発したり、嫌味を言ったり――。姉が策略を認めるよう、揺さぶった。

「……自白しているようでいて、決定打は口にしてねえな。売り言葉に買い言葉で返しただけ、って言い逃れられる内容だ」

「駄目ですか……」

「ただ、この感じだと、お前の母親を罠に嵌めたのは間違いねえ」

「浮気疑惑もでっち上げってことですか?」

「姉貴はDNA鑑定を言い出してないだろ。昔は『本当にお父さんの血を引いているの?』なんて揺さぶってたくらいだから、浮気相手の子かもしれないって疑っていたのは明白なのにな」

「たしかにそうですね」

「強欲なあの姉貴なら、遺産の取り分が少しでも増える可能性があればDNA鑑定くらい要求するだろ。だが、そうはしなかった。なぜか」相葉はチェアを少し後退させ、脚を組んだ。「浮気疑惑が自分のでっち上げだからだよ」

DNA鑑定は無意味だと知っている――ということか。

正好は歯軋《はぎし》りした。憤怒《ふんぬ》が込み上げてくる。

「まあ、落ち着けよ。ちょっと弱いけどよ、この録音と、勝手な遺品の売却の証拠があれば、姉貴を欠格にできる可能性もある」

「欠格——ですか」

「故意に被相続人や相続人を死亡させたり、脅迫や詐欺で自分に有利になる遺言書を書かせたりしたら、欠格になって、相続の権利を失うんだよ。遺言書の破棄とか隠匿もおんなじだ」

母を不当に排除した姉が今度は自らの強欲さが原因で排除される——。

自業自得の罰は、叶えば痛快だろう。

「それより——」相葉が言った。「今は大事なことがあんだろ」

「何ですか？」

「〝彼女〟の争奪戦だよ、争奪戦。堂島太平が罪を償うために、七年くらい前に会いに行ったっていう〝彼女〟、正体を摑む手がかりががっつり書かれてたじゃねえか」

母の浮気相手として姉にでっち上げられた母の同級生の娘——。

「先を越されるわけにはいかねえ。お前の姉貴なら、自分が利用した男のことは知ってるはずだしな。その娘までたどり着くのは時間の問題だ」

父が受け取ったとされる母のメールの内容を信じるならば、浮気はなかった。

母は後悔していた。自分が浮気を強く否定しなかったことを。同級生の元恋人を死なせてしまったことを。

「松野……」

思わず口から漏れたつぶやきだった。

「あん？」相葉が眉を寄せた。「何だって？」

記憶に蘇ってくる光景があった。

「松野家の墓です。自殺した男は松野って名前かもしれません」

生前の母に付き添い、一度だけ墓参りをしたことがある。

忘れられぬ恋の相手の墓に参ったのだとずっと思っていた。父と結婚中に逢瀬《おうせ》を重ねていた相手かもしれない、と。想像すると何だか気持ち悪く、汚れた衣服を段ボール箱に詰め込んで捨ててしまうようには忘れられなかった。

だが、真相は違っていて、自分が原因で破滅させてしまった元恋人に謝っていたのかもしれない。

母が墓前で見せた表情は、最愛の相手への思慕ではなく、後悔だったとしたら——。

腑《ふ》に落ちる。

正好は墓地の場所を教えた。

「……よし。後は俺に任せとけ」

18

『孤影悄然《こえいしょうぜん》』

私は孤独だ。

世話人と老人の二人暮らしには広すぎる館で、我が子たちに死を望まれながら逝かねばならぬのか。

私がこのような悲嘆に暮れている元凶は、長男と長女だった。二人は立て続けに訪ねてきた。

最初は長女だ。彼女は人払いをすると、私が横たわるベッドに歩み寄ってきた。ロコ調のスツールに尻を落とし、能面のような顔にほほ笑みを浮かべる。

「来たわよ」

私は一睨みすると、すぐさま天井に目を向けた。

「……何の気まぐれだ?」

「気まぐれ?」

「どうせ金の無心だろう」

「いやねえ」媚びるような声が耳に入る。「人聞き悪いんだから。そんなに邪険にしないでよ。お金の話って言えばお金の話なんだけど……ほら、お父さんの病状を考えたら、はっきりさせておくことがあるじゃない」

「何のことだ」

「遺産。もう遺言書は作ってあるの？」

ためらいなく言ってのける。

私は父親思いの子を持ったものである。

「あたしを優遇してほしいの。兄さんは今まで散々援助されてきたし、もう充分でしょ」

「援助してやったのはお前も同じだろう？」

「あたしが守った財産でしょ」

「何の話だ？」

「金目当ての後妻に財産を食い潰されないよう、助けてあげたじゃない。忘れた？」

「……はて、そうだったかな？」

私はあえてとぼけた。

長女は顔色を変えた。

「ちょっと勘弁してよ。もうそんなに認知症が進んでるわけ？　後妻の浮気が長年続いていること、あたしが調べ上げたでしょ。それで守った財産、あたしが受け取ったって罰は当たらない。違う？」

　必死になるのも分かる。不景気のあおりもあり、長女はアンティーク家具のショップの経営がうまくいっておらず、資金繰りに苦しんでいる。一部、中国から輸入した安物やまがい物をイタリア製として販売している始末。

「後妻がいなくなって取り分が増えた。それで充分じゃないのか？」

「お金はいくらあったって困らないでしょ。少しでも多く貰えるならそれに越したことはないわけだし、後はお父さんの気持ち次第。兄さんよりあたしのほうが親孝行だったと思うけど？」

　鼻で笑いたくなった。

　長男も長女も、親孝行という言葉からは最も遠く、私の資産を目減りさせただけではないか。

「お前は私を何度訪ねた？　見舞いに来た回数は、片手の指で容易に数えられる。しかも、やって来たのは、見舞いを口実にした〝観察〟だ。今日もそうだ。お前は私の病状を窺っているんだろう？　私が死ぬ時期で遺産がいつ手に入るのか変わってくるからな。指折り数えて待ち焦がれているのか？　もうあれこれ算段しているんだろう」

「……お金を優先する人生観はお父さんの教育の賜物《たまもの》でしょ。今さら庶民の価値観みたいなこと、言い出さないでよ」

長女は私の主義主張を持ち出してきた。明け透けな物言いのほうが小賢《こざか》しい打算を感じさせない、と計算しているのである。

「あたしを優遇してくれるでしょ」

単刀直入なのは嫌いではない。だが、体調の悪さに辟易《へきえき》している今は、笑い飛ばす余裕はなかった。

私は反駁の言葉を吐き出そうとし、咳き込んだ。唾が真上に飛散し、顔に落ちる。

「ちょっと！」

長女がスツールから腰を浮かせた。私を気遣うのか、あるいは顔をハンカチで拭ってくれるのかと思いきや、そうではなかった。

「ほら、お喋りしている暇があったら、書けるうちに書いてくれなきゃ。公証人、呼ぶ？」

私は自分の袖で顔を拭った。

長女が心配しているのは、私の容体ではなく、ただただ遺産だった。自分に有利な遺言書をしたためさせる前に、私の命の灯火が消えることだけが気がかりなのである。

「私はまだまだ死なん。もう帰れ」

長女を追い返した二日後、今度は長男が訪ねてきた。

「父さん、体調はどうだ？」

親思いの息子を演じるところからはじめるのか。ならば素知らぬ顔で付き合ってやろう。

「……昨日からすこぶる悪い」

長男は今にも泣き出しそうな顔をした。

「やめてくれよ。父さんにはまだまだ元気でいてほしい」

心にもない台詞だ。

長男は私の株の才能は受け継がなかったらしく、初心者のような間抜けぶりで大損した。その後は、失敗を取り返そうとしてまた失敗する、泥沼の典型だ。最近はコレクションの高級外車を何台か売りに出している。見え透いた同情の裏には欲望や野心を隠している。

「残念ながら――長くはないだろう。あと何日もつか私にも分からん。神のみぞ知る、というところだろう」

実際はそこまで体調が悪いわけではない。今日明日、眠ったらもう目覚めないということはあるまい。

長男は一瞬、動揺を見せた。

「そ、そうか。じゃあ、後々のこと、考えておくべきかもな」

「……遠回しに言わずともいい。遺産相続の話だろう?」

「いや、俺は父さんを心配してるんだよ。だけど、ややこしいことにならないよう、その辺りはちゃんとしておかなきゃ。俺だってそんな話、したくないよ」

嘘が下手だ。死を仄めかしたとたん、同情の仮面をつけ忘れ、直球で遺産の話に持ち込んだ。そこには駆け引きなどはなく、何が本題だったか一目瞭然だ。

私は相手の反応を見るため、咳き込んでみせた。

「大丈夫か!」

長男はベッドのそばに跪き、私の背中をさすりはじめた。息子が私に触れるのは何ヵ月ぶりだろう。病気が判明してからですら私には見向きもしなかった。

私は咳き込むのをやめた。続けていると、本当に吐血しかねない。

「医者を呼ぶか?」

「必要ない。薬漬けにされて死んでいくのはごめんこうむる」

「それまでは俺が面倒見てやるからな」

私は思わず苦笑を漏らした。

「今さらやって来て優しいことだ」

「何言ってんだよ、父さん。前から俺が世話してただろ」

「……お前こそ何を言っている?」

長男は苦しみを分かち合って嘆くような顔をした。

「認知症が悪化してんだな。父さんの病気が判明してから俺がどれほど時間を割いてきたと思ってる？　忘れないでくれよ」

表情は真に迫っており、ともすれば騙されそうになる。

「記憶にないな」

そのような事実は一切存在しないのだから、記憶にないのは当然である。

「認知症だから覚えてないんだよ。俺は恩に着せたくてこんな話をしているわけじゃないんだ。あの穏やかで仲良くしていた日々を忘れられているのが、ただ悲しくてさ」

「穏やかな日々？」

私は愚鈍を演じて訊き返してやった。

「そうだよ」長男は下唇を嚙むと、視線を壁に逃し、最大限の効果を狙うように間を置いた。「俺、反省してるんだ。仕事にかまけて父さんを放っておいてさ。父さんが病気になって初めて『人生には終わりがあるんだ』って実感した。こんなことなら日ごろからもっと親孝行しておけばよかった、って」

「お前の口から親孝行なんて言葉が出てくるとはな」

「ずっと自分のことばかりだった。悪かったよ、父さん。だから、こうして何度も会いにきてるんだよ」

「……数ヵ月ぶりの訪問だと思ったが？」

「認知症は記憶を食っちまうからな。父さんが忘れているだけで、俺、ずいぶん世話してるんだぞ」

「たとえば？」

「体拭いたり、トイレに連れて行ったり、食事の世話をしたり……不器用な俺なりに一生懸命やってきたよ」

「私の世話なんて、雇った他人に丸投げしているだろ」

「それは××だよ」長男は長女の名前を出した。「あいつは使用人を雇って、任せっぱなしにしていたら済むと思ってる。薄情な奴だよ」

それはお前も同じだろう、と思ったが、あえて口にしなかった。早くも遺産を巡る闘いははじまっているのである。長男は長女の悪口を吹き込み、自分を有利にしようとしている。

「使用人に訊いてみてよ。俺の献身が分かるはずさ」

「訊くまでもない。そう答えるよう、袖の下を摑ませたんだろう？」

「俺を疑いすぎだよ、父さん。使用人がそんな話をしたわけじゃないだろ」

雇い入れたのは長女だが、世話人はすでに私の味方である。金で雇われた者はたやすく金で転ぶ。

「いいや、お前に買収を持ちかけられたことは報告を受けている」

「カマをかけてるんだよな？　そんな出鱈目――」

「事実だ。彼女には嘘の報告ができない理由がある」

長男は困惑顔を見せていた。

「私にバレるからだ」

「バレるって――」

「理由は簡単だ。私は認知症ではない」

「は？」

「詐病だ。偽の診断書を金で作らせた」

長男の驚きようは、目玉がこぼれ落ちんばかりだった。

「冗談だろ。な、何のためにそんな――」

「考えるまでもないだろう。物を覚えられないように装えば、周りの人間の本性が見える。実際、お前は私の認知症を利用し、親孝行な長男だと信じ込ませようとした」

長男は啞然としたまま言葉を失っている。

「私のそばにいる世話人の目を欺くのは至難の業だから、詐病のことはあらかじめ伝えてある。私に嘘は吹き込めん」

長男の喉仏が上下した。唾を飲み込む音が聞こえそうだった。

「何か言い分はあるか」

緊張が横たわる沈黙がしばらく続いた。だが、やがて長男がふっと息を抜き、苦笑いを浮かべた。

「……人が悪いな、父さん。そんな試すみたいなまねして。父さんのために必死に演技してた自分が馬鹿みたいだ」

「私のため――だと？」

「そうだよ。父さんがさ、認知症になったって知ったとき、そりゃ、最初は動揺したよ。でも、忘れるのも悪いことばかりじゃないって思うようになってさ。悪かった過去も変えられるだろ」

「何が言いたい？」

「俺はたしかに親孝行とは無縁だった。実は父さんに寂しい思いとか、悲しい思いをさせてきたんじゃないかって後悔したよ。でも、父さんの記憶が曖昧なら、少しくらい幸せな記憶に置き換えてもいいんじゃないかって思ったんだ」

「だから前から世話をしてきたことにしたと？」

「ああ。俺なりの思いやりのつもりだったんだよ。自分で言うのもなんだけど、優しい嘘っていうか……父さんは俺を誤解してる。俺だって人並みの感情は持っているんだ」

巧妙に言い逃れる。長男は窮地を好機に転じた。

到底信じられない話だ。だが、たとえ嘘だとしても、信じることができれば、多少は安らかな最期が迎えられるのではないか。

私は長男の言葉に縋ってしまいたくなる自分に呆れた。思えば、病気を患ってからの私はずいぶん弱気になったものである。

私の長生きを望む者は周囲に一人もおらず、このまま死を待ち望まれながら最期を迎えるのだろう。

それは私が歩んできた道のせいなのだ。

巨額のマネーゲームに興じ、他人を支配することを楽しみ、勝利を生き甲斐にしてきた。

私は館を出ることにした。私を知る者がいない土地でひっそり死を迎えるつもりである。

だが、館を出てから六年。私の命の蠟燭は思いがけず長かった。


更新されたブログを読み終えると、いつものように館のリビングに集結した。

「父さんはそんなに生きながらえてたのか……」

兄が愕然とした声で漏らした。

「館を出てから六年も――」姉が信じられないようにかぶりを振る。「まさかまだ生きていたりしないわよね?」

「……さすがにないだろ。ブログには『館を出てから六年』って数字がはっきり書いてあるし、六年後に死んだってことかもしれん。そうすると、このブログは本人が書いたものじゃないいな。とはいえ、父さんが失踪する前にこんな会話をした記憶はたしかにあるし、第三者が空想で書くことは不可能だが……」

「この日記を書いた時期が六年後って意味かもしれない。だったら執筆者はお父さんで、まだ生きている可能性だってある」

「分からないことだらけだな」

「ちなみに――」姉がパソコン画面を指差した。「これは本当なの?」

「これ?」

兄が首を捻《ひね》る。

「お父さんのために嘘をついたって話」

兄は嘲笑した。

「とっさの詭弁《きべん》に決まってるだろ。認知症が詐病だって聞かされて、何とか言い逃れなきゃ、って焦って、取り繕った。息子の親孝行を信じて逝けたんなら、満更でもないだろ」

愛子は父の詐病を知っていながら黙っていたのか。

——そ、そうです！　旦那様は重度の認知症でした。

彼女の言葉をふと思い出した。ブログの記述について姉に詰問されていた愛子が父の認知症を持ち出さなかったのは、忘れていたのではなく、詐病だと知っていたから自分が弁解に使うことに思い至らなかったのだ。

「兄さんの言い分、お父さんは信じていなかったみたいだけど？」

「猜疑心が服を着ているような人間だったんだぞ。どうせ事実だったとしても疑ってたさ」

「都合のいい解釈」

「お前よりはよっぽど優しいと思うけどな」

「何よ、それ」

「お前が何で愛子みたいな〝素人〟を使用人に雇い入れたのか、知ってるんだぞ」

姉は眉をピクッと動かした。

「父さんが長持ちしないように——だろ。看護師経験者だったら献身的な介護で長生きするかもしれないもんな。その点、愛子みたいな素人はうってつけだ」

正好ははっとした。

そうか、そういうことだったのか。

——何のために愚鈍そうなあんたを雇ったと思ってんの！

——あんた、まさか自分が優秀だから破格の条件で雇用された、なんて自惚れてないわよね。

以前、姉が思わせぶりに漏らした台詞の真意に気づいた。

「……だったら何？　長生きされたくなかったのは兄さんも同じでしょう？　自分を棚に上げてあたしを責めるわけ？」

「積極的に寿命を縮めさせようとするなんて、妹ながら恐ろしい所業だと思ってな」

「人聞き悪いわね。縮めさせようとしたわけじゃなく、不必要に延ばさせないようにしただけよ。第一、私の人選に不満で、看護の専門知識がある人間が必要なら、お父さんが自分で雇えばよかったのよ。別にお金に困ってるわけじゃなし」

兄は肩をすくめた。

正好は嫌悪感と共に二人のやり取りを聞いていた。

母と揃って館を追い出されたときは、ずいぶん父を憎んだ。不幸が訪れることを願い、それこそ、死んでしまえ、と呪った。父は傲慢で自己中心的な人間の象徴だった。

だが——。

今は同情している。膵臓がんが発覚してからは、薄情で冷酷な子供たちに死を望まれていた。献身的な世話をしてくれていた愛子には、ついに嫌われて素っ気なくされ、結局、独りになっている。その後も子供たち二人から遺産相続の算段をされている。哀れだ。

正好は二人を交互に見やった。

兄も姉も父のブログを読んできて何も感じないのだろうか。自分たちの言動を文章で客観的に見せられても、冷酷無比で無情だったと思わないのか。

父の財力があったからこそ――堂島家に生まれたからこそ、今の自分たちがあるのではないか。贅沢な子供時代を送り、多額の援助を得て人生を切り開いた。現状の仕事が不調だとはいえ、日々の生活に追われる世間一般に比べたらよほど恵まれている。今の地位は決して独力で築き上げたものではないはずだ。

父に散々助けられた二人がなぜ、母と共に捨てられた自分より父の死を平然と望めるのか。

とはいえ、後妻の子である自分に触れた記述が二回だけで、もう一切出てこなくなったことには不満を感じた。

兄は脚を組むと、コーヒーテーブルのカップを取り上げ、泰然とした所作で紅茶に口をつけた。

そのとき、チャイムが鳴った。全員で顔を見合わせると、姉が正好に顎をしゃくった。

応対しろ――ということだろう。

「ここ、いつから俺の館になった？」

「居候の身分なんだから、そのくらい働きなさい」

「居候のつもりはないけどな」

再びのチャイムが追い打ちをかける。

「ほら、さっさと出なさい。大事な来客だったらどうすんの」

——だったらなおさら自分で出ろよ。

言い返したいのを我慢し、仕方なくリビングを出た。廊下を進み、吹き抜けの天井から真鍮のシャンデリアが吊り下げられたホールに出る。

装飾が彫り込まれたマホガニーの扉——両開きだ——には、長方形のステンドグラスを模した半透明ガラスが嵌まっている。月光を通し、玄関に立っている人間の人影が薄ぼんやりと透けている。

正好は鍵を捻り、扉を開けた。

立っていたのは、背が低く、綿毛のような白髪が側頭部に残った禿頭《とくとう》の老人だった。日焼けのせいか、皺深い皮膚はなめし革を思わせる。

正好は相手が口を開くのを待った。だが、老人は薄気味悪い笑みを萎《しな》びたような唇に刻んだまま、一向に喋らなかった。

「ええと……どちら様ですか」

仕方なく訊いた。

老人は鷲鼻をしごいた。

「あなたは？」

「……堂島太平の息子ですけど」

「ほうほう、そうでございましたか」

ぎょろ目の視線が正好の全身を這い回る。まるで、本当に堂島太平の息子かどうか、痕跡を探すかのように。

不快感を覚えながら、「何か？」と訊き返す。

「……有名なごきょうだいがいらしたはずですが、あなた様でございますか」

「いえ。中にいますけど、ご用件は？」

「お会いしたいんですがね。お呼びいただけますか」

口調こそ丁寧だが、粘着質の喋り方が癇に障る。

問い詰めてもはぐらかされそうだったので、やむなく踵を返した。リビングに戻ると、兄と姉が顔を向けてきた。

「何だったの？」姉が訊く。

「さあ」

「さあって何。ふざけてんの」

「二人に用があるってさ」

「誰が」

「それが――」

説明しようとしたとき、足音がリビングに入ってきた。驚いて振り返ると、先ほどの老人が突っ立っていた。まさか勝手に入ってくるとは思わず、唖然とした。

向き直ると、兄も姉も警戒心と不審の念を剝き出しにしていた。表情を見るかぎり、旧知の仲というわけではなさそうだ。

姉はアームチェアから立ち上がると、老人の前まで突き進み、目の前で仁王立ちになった。

「あなた、誰？」

老人は卑屈っぽく笑った。

「しがない葬儀屋でございます」

「葬儀屋が何の用？　こっちには用はないんだけど」

「わたくしのほうにはあるのです、それが。興味深い話だと思いまして」

姉が器用に片方の眉を吊り上げ、表情で続きを促す。

中世ヨーロッパを思わせる蠟燭形のブラケット照明の仄明かりが老人の皺に陰影を作り、顔が不気味に浮かび上がっている。老人は、へっへっへ、と笑い声を漏らした。姉が自分に関心を示したことに満足したかのように。

「わたくしはあなた方のお父様を火葬にいたしました」

正好は眉を顰め、兄や姉と顔を見合わせた。二人共、困惑と動揺がない交ぜになった表情をしている。

口火を切ったのはやはり姉だった。低身長で腰も曲がった老人より二十センチ以上の高みから見下ろす。

「父を火葬にしたって何！」

老人はまたしても、へっへっへ、と笑い声を漏らした。遺体安置所への案内人——そんな職が現実にあるとしてだが——をイメージさせる。自称・葬儀屋は死臭を引き連れて現れた気がした。

「文字どおりの意味でございます。わたくしは堂島太平様の遺体を火葬にいたしました」

古めかしく慇懃《いんぎん》な喋り方はどこか芝居がかっており、まるで自分の怪しさを自覚していてそれを薄めようと努力しているようにも思える。あるいは、言動の全てが演出か。

「あなた、父の死を知ってるってわけ？」

「……そう理解していただいて差し支えありません」

「父が七年半も行方知れずだったことは？」

「もちろんでございます。わたくしは堂島太平様から頼まれて秘密裏に遺体を焼いたわけです」

「いつ！」

「半年ほど前でございます。私が死んだら人知れず火葬にしてくれ、とおっしゃいましたので、わたくしはご希望を叶えて差し上げました」

「半年前には父は死んでいたってこと？」

「左様です。わたくしがこの手で火葬いたしましたので、それは間違いございません」

仄明かりに照らされる老人は、夜の洋館に似合いすぎ、だからこそ胡散臭い。

母の葬儀の喪主を務めたときに一切を取り仕切ってくれた葬儀会社の担当者は、至って普通で、礼儀正しく、結婚式を滞りなく進行する司会者同様、全てがプロフェッショナルだった。目の前の老人のように陰惨な死臭を纏わりつかせていることもなく、職業を聞いていなければ、商社のビジネスマンと紹介されても信じただろう。日ごろから死と接している人間には見えなかった。

老人は果たして本物の葬儀屋なのか。リアルな葬儀屋を演じようとするあまり、過剰な演出をしてしまっている下手糞な詐欺師にも見える。

美智香は腕組みし、顎を持ち上げた。

「――で、何であたしたちにその話を？」

「はい」老人は今にも揉み手をしそうな仕草を見せた。「わたくしもこのような仕事をしているもので、その手の法律は存じ上げております」

「その手？」

「堂島太平様の死が確定しなければ、遺産が相続できないのでは？」

美智香の眉がピクッと反応した。

「……望みは何？」

老人が薄笑いを崩さないまま小首を傾げた。

「何か取引したいんでしょう？」

兄が「待て！」と声を荒らげた。「鵜呑みにするな、美智香」

「何よ！」

「火葬は行政が執り行っているし、火葬しようと思えば、死亡診断書や諸々の手続きだって必要だろ。勝手に遺体を焼くようなまねができるとは思えない」兄は老人を睨みつけた。「父の失踪を公表した直後からあんたのような輩《やから》が群がってきたよ」

老人は小首を傾げたままだ。

「わたくしのような輩――とは？」

「金目当ての詐欺師どもだよ」

「詐欺師扱いは心外でございますねえ」

「あの手この手で金を貰おうとすり寄ってくる。情報を握っているふりで意味ありげに——あるいは訳知り顔で」

「わたくしは本当に堂島太平様を火葬にいたしました」

「証拠は？」

「……残念ながら。堂島太平様は証拠となるものを何も残さないよう、慎重を期されていました」

「ほう？　それなのに自ら名を名乗ったのか、父さんは」

「いえいえ。堂島太平様は素性を隠されていました。後々、古い雑誌でお顔をたまたま目にしまして、それで気づいたのです」

「兄さん」姉が言った。「話くらい聞いてやりましょう。聞くだけなら無駄になるのは時間だけ」

「時間は金になる。惰性で人生を過ごす者は何も成し遂げられない」

　老人が「おっ」と目を輝かせた。「堂島太平様の受け売りですね」

　姉が目線で関心を示した。

「取引をためらうわたくしに対し、堂島太平様がぴしゃりとおっしゃいました。わたくしはそれで目からうろこが落ち、ご協力を決意したのです」

振り返った姉は、ほら聞く価値はありそうでしょ、という目で兄を見返した。

「俺の言葉を聞いて父の台詞だと言ってみることくらい、誰にだってできる。何の根拠にもならんな」兄は老人を指差した。「こいつは俺の質問に答えていない。答えられないからだ」

老人が「質問？」と訊き返した。

「行政が執り行う火葬は勝手にはできない」

老人は薄笑いを消すと、顔の皺を深めて黙り込んだ。兄が勝ち誇った表情で鼻を鳴らす。

「違うか？」

「……おっしゃるとおり、葬儀屋といえども好き勝手に火葬はできません」老人は例の薄気味悪い笑い方をした。「とはいえ、決して不可能というわけではございません」

「というと？」

「わたくしが働く葬儀会社は、県警と契約しておりまして、身寄りがない遺体や身元不明の遺体を一時的に保管しております。その数、常に数十体です。一日二、三体ずつ火葬しているわけですが、まあ、人間がすること、極々稀に間違いも起こります。うっかり別の遺体を焼いてしまう、というわけです。堂島太平様のケースも、同様の間違いが起きた——かもしれませんね」

「可能性を申し上げたにすぎません。過去に同様の間違いを起こした葬儀会社は、隠蔽を行いましてね。残されてしまった遺体は後日、身元不明を装って火葬しました。まあ、発覚して社長や役員が処分されたわけですが」

「……犯罪だぞ」

つまり、ミスを装って父の遺体を火葬してしまうことは可能——というわけか。

老人の話には妙にリアリティがあり、金目当ての作り話と断じるのは難しかった。兄も同様に考えたらしく、忌々しげに顔を歪めていた。

「……さっき、県警と契約して、って言ったな。警視庁じゃないってことは、東京じゃないんだな、あんたの会社」

老人は大袈裟に驚いてみせると、わざとらしく口を押さえた。

「うっかりヒントを漏らしてしまいましたね。左様です。堂島太平様は、某県にあるわたくしの葬儀会社を訪ねてこられました」

「どこ！」姉がヒステリックな声を上げた。「どこの県！」

老人がにやりと笑う。

「お教えできません」

「何でよ！」

「情報には価値があるものですから。今晩伺ったのは、そのご相談をするためでございます。折り合いさえつけば、堂島太平様を火葬にした事実を証言する覚悟があります」

姉は嫌悪の籠った眼差しを向けた。

「お金――ってわけね」

「わたくしは何も申しておりません。ただ、違法な火葬の事実を証言するとなると、職を失うわけですから、やはり相応のメリットがなければ……」

「持って回った言い方して！　あなたの話が事実だとして、父はお金を払って秘密裏に火葬させたんでしょう、自分を」

老人は何も答えなかった。

「隠さなくてもいいでしょ。見知らぬ人間から違法な火葬を頼まれてほいほい引き受ける馬鹿はいない。それこそ、〝相応のメリット〟があったはず。それはお金しかない」

「……そうだとして、わたくしを警察に突き出しますか？　断固として否定させていただくだけでございます」

姉はため息をつくと、マホガニーの猫脚スツールの上に置いてあるハンドバッグを取り上げた。財布から一万円札三枚を抜き取り、乱暴に突き出す。

「ほら。さっさと場所を教えなさい」

老人は侮蔑の目で紙幣を見た。

「ご冗談でしょう。数億の遺産を手に入れるための情報料としてはいささか安すぎるのではありませんか」

「眉唾物の情報にくれてやるのはこれくらいよ。そもそも、父が火葬された場所が分かったところで、状況が改善されるわけじゃなし……三万でも手に入るだけ感謝なさい」

「貴重な情報だと思いますが……」

「遺産の入手には役立たないわね」

兄が「一つ試させてもらおう」と言った。職務質問する警察官を思わせる眼光で老人をねめつける。「あんたの葬儀会社、何市にあるのか、イニシャルで答えてみろ」

「イニシャル――でございますか」

「ああ。それくらいなら構わないだろう?」

老人はしばし黙り込んだ後、口を開いた。

「K市でございます」

兄と姉が一瞬だけ視線を交わした。

「……ねえ」

「ああ」

二人がうなずき合う。

K市。

父が罪滅ぼしのために〝彼女〟を訪ねた町がK市だった。

姉が「いくら欲しいの？」と尋ねた。

どうやら、姉も情報に価値があると結論付けたらしい。だが、兄は同調しなかった。

「いや、信じるのは早いぞ、美智香」

「何でよ。だって、K市って――」

「出来すぎてる。どうにも胡散臭い。考えてもみろ。あのブログは全世界に公開されてる。それを見てK市と口にしただけかもしれない」

「そこまでして？」

兄は猜疑心に満ちた目で老人を睨みつけた。

「詐欺師ってのは、標的から金を引き出すためなら労をいとわないもんだろ」

「……心外でございますね」老人が答えた。「ブログとは何でしょう？　わたくしは嘘などついておりません」

「言ったろ。あんたみたいな連中、多いんだよ。俺をボンボンだと見くびって、簡単に手玉にとれると思ってる。どれもこれもブログの内容から創作できる程度の話だな。現時点では考慮に値しない。話は終わりだ」

19

堂島貴彦は老人をリビングから追い出そうとした。だが、老人はドアを抜ける直前、振り返り、囁き声で言った。

「わたくしは堂島太平様の遺言書を預かっております」

貴彦は目を剝き、思わず振り返って美智香と正好を確認した。二人は部屋の中央で怪訝《けげん》そうな顔を向けているだけだ。

老人の声は聞こえていない。喋ったことも、自分の体に隠れていたから見えていないだろう。

老人の言葉を耳にしたのは自分だけだ。

貴彦は老人に向き直った。

「駅前の『ニキータ』で一時間だけお待ちしております」

老人は再び囁き声で言うと、館を出て行った。

「で、どうすんの？」

口火を切ったのは美智香だった。

「……詐欺師に払う金はない」

胡散臭い老人など全く信用していないふりを装うと、美智香は不満げに顔を顰めた。

「あのまま帰しても良かったの？」

「もし握ってる情報が真実なら、またやって来るだろ。何にせよ、今日明日で決断はできない。お前の三万ですむなら安いもんだけどな。要求されるままお前が払うか？」

姉は肩をすくめた。

「だろ」貴彦はドアに向かった。「そんなことより、〝彼女〟の行方をのらりくらり追ってる探偵社の尻を叩いてくる」

発言を疑う人間はいなかった。

貴彦は館を後にすると、駅前に向かった。真意を聞き出さねばならない。

『ニキータ』のドアを開け、店内を見回した。老人は誰にもその姿を見られたくないかのように、一番奥のテーブル席で、壁を向いて座っていた。若い客層の中では、花瓶が並ぶ中の骨壺のように目を引く。

貴彦は奥へ突き進み、対面の椅子に腰掛けた。老人が一瞥を寄越してニヤッと笑い、内面を映し出すようにどす黒いコーヒーに視線を落とす。

店員は水を運んでくると、「ご注文がお決まりになりましたらお呼びください」と声をかけて去っていく。

「父さんの遺言書ってのは？」

老人は顔を上げた。

「……単刀直入でございますね」

「長居するほど暇じゃない。なぜ俺にだけ囁いた？」

「あなたとなら取引が成立しそうに思えたからでございます」

「俺が？」貴彦は嘲笑したくなった。「俺はあんたを一番胡散臭がってただろ」

「……表向きは」

「表向き？」

「左様です。おそらく、わたくしに主導権を握られないよう、駆け引きでそうされているのが分かりました。聡明《そうめい》な方だとお見受けし、だからこそ、あなたにだけ切り札をお教えしました」

老人にはそう見えたのか。

わざわざ否定することもない。

「……ただの耄碌《もうろく》した老いぼれじゃないようだな」

貴彦は余裕を繕い、脚を組んだ。悪くない気分だ。

「遺言書の話を聞かせてもらおうか。なぜあんたが所持している？」

「実は先ほど館で申し上げた話の一部は嘘でございました。わたくしはあらかじめ堂島太平様からご自身のことを伺っておりました。堂島太平様は、孤独でございました。遺言書を預けられる人間が周りにいらっしゃらなかったようで」

父は誰にも居場所を知らせず、館を出て孤独な日々を過ごしていた。しかし、だからといって赤の他人に託すだろうか。

「あなたにお声をかけました理由は他にもあります。遺言書は——ご次男を優遇した内容になっているそうです。お預かりするとき、そうおっしゃいました」

頭に血が上りそうになる。だが、懸命に怒りを抑え込む。

老人としては一番金になる相手を選択した、ということか。

「持っているのか？」

「大事な堂島太平様の遺言書でございますから、しっかりと持参しております」

「見せてくれ」

老人は躊躇する仕草を見せたものの、懐から封筒を取り出した。

鞄も持ち歩かないとは——ビジネスマンなら三流だ。遺言書のことがなければ、話すら聞くに値しない人物だった。

貴彦はためらわずに開封し、遺言書を取り出した。勝手に開けても無効にはならないし、五万円以下の罰金があるのみだ。そんなことより中身が気になる。

読み進めるにつれ、長男である自分をないがしろにする文面に苛立ちが込み上げてくる。

父は後妻の子を優遇するのか。

遺言書を持っている部分に皺が寄った。

だが――。

最後の署名を見たとき、鼻から冷笑の息が漏れる。

貴彦はライターを取り出すと、灰皿の上で遺言書に火を点《つ》けた。オレンジ色の炎が侵食していき、下から灰に変えていく。

「な、何を――」

老人は燃えていく遺言書に手を伸ばしたものの、炎に尻込みしたのか摑みはしなかった。

「ご次男が優遇されているとはいえ、堂島太平様のご遺志が書かれた遺言書でございますよ。それを焼き払ってしまうなんて……」

貴彦は遺言書が燃え切るのを見届けてから立ち上がった。出口のほうへ向かうと、慌てた様子の靴音が追いかけてきた。

レジの前で振り返り、老人を見下ろした。

「偽造した遺言書で金をせびるには詰めが甘かったな。父さんの筆跡を巧みに真似てあるが、これは偽物だ。父さんは書類へのサインのときだけは、『平』の中のちょんちょんを『ハ』にしてるんだよ」

絶句させてやるにはそれだけで充分だった。

——詐欺師に付き合って無駄な時間を過ごしてしまったな。

貴彦は店を後にした。

20

——〝彼女〟の居場所を突き止めたぞ。

相葉から連絡があったのは、一週間置きだった父のブログの更新が止まって二日後だった。

日曜日の早朝に相葉の事務所の最寄駅で待ち合わせた。

「居場所って——」

相葉はサングラスを掛けた顔を電光掲示板に注いだ。

「神奈川だ」

「どうやって突き止めたんですか」

「お前が教えてくれた松野って名前を手掛かりにしてな。借金歴を追ったんだよ。ブログに書いてあったろ。融資を中止されて借金を背負ったって。金貸しの業界絡みなら俺の専門だからな」

「それで神奈川に……」

「ああ。一人娘の住所を突き止めた。ま、蛇の道は蛇ってことさ」

正好は相葉と一緒に電車に乗り、神奈川へ向かった。

「〝彼女〟に会ってどうするんですか？」

「……協力してもらうんだよ」

「遺産絡みで——ですか？」

「当然だろ」

「何を頼むつもりか分からないですけど、協力してくれますかね。俺は親の仇《かたき》の息子ですし」

「お前は加害者側じゃなく、むしろ〝彼女〟寄りだろ。先妻の子の策略で家を追われたんだから」

「まあ、一応……」

「自分の親父を嵌めたのが誰だか教えてやりゃあ、卑劣な先妻の子に一泡吹かせてやりたい気持ちに〝彼女〟もなるだろうし、相応の金を握らせてやる約束をしたら、断らないだろ」

相葉は自信満々だった。

遺産総取り計画もいよいよ佳境か。

電車に揺られているだけなのに、座席から尻が浮いているような、落ち着かない気分になる。

常に他人を見下しているような兄と姉を自分は出し抜こうとしているのだ。

神奈川の目的の市に着くと、電車を降りた。スマートフォンのマップアプリと睨めっこしながら歩く相葉に付き従う。

「――ここだ」

相葉は相当な築年数が経過したであろうアパートの前で立ち止まった。敷地には雑草が生えっ放しになっている。

決して裕福な生活は送っていないのだろう。父親が借金を背負ったあげくに自殺しているのだから、無理もない。

相葉が一〇三号室の前に立つ。表札には『松野』の文字。

「住んでんのは松野瑞希《みずき》って三十歳の女だ」

相葉がチャイムを押した。室内から物音がする。やがてドアが開いた。

心臓がどくんと脈打つ。父の誤解による報復で死に追いやられた男の一人娘――。

決して美人ではないものの、優しげな顔立ちが印象的だった。儚げな表情をしている。

「どちら様でしょう？」

女性の顔には、当然ながら警戒心が宿っていた。

「松野瑞希さんだね」

相葉が言うと、彼女は目を細めた。

「そうですけど……あなた方は？」

「あんたの親父さんがどんな目に遭ったか知っている者――と言えば察してくれるかな」

女性が目を見開いた。

「堂島さんの――ご長男？」

「違います」正好はかぶりを振った。「俺は次男です」

「そういうこった。俺はその協力者ってとこだな」

松野瑞希は胡散臭げに相葉の全身を一瞥し、正好に視線を戻した。

「……どうやってあたしのことを？」

「あの手この手でな」答えたのは相葉だ。「あんたが昔、堂島太平に会ったことは分かってる。正確には堂島太平が訪ねてきた。だろ？」

彼女は追及の真意を窺うように黙ったままだった。

「立ち話もなんだし、部屋に入れてくんねえか。大事な話だ。あんたにとっても悪い話じゃねえ」

松野瑞希は再び相葉を見た。ヤクザ者にしか見えない風貌に警戒心を抱く気持ちはよく分かる。

「話ならここで充分です」

「……分かった。駆け引きもなしだ。俺らは遺産を総取りしたいのさ」

「総取り……」

「お願いします」正好は頭を下げた。「俺とお袋を叩き出した兄と姉に一泡吹かせたいんです」

顔を上げると、松野瑞希の表情に憂慮の影があった。

「あなたには復讐が一番大事なんですか？」

「いや、それは――」

「あたしに復讐の手伝いをさせたいんですか？」

相葉が鼻で笑った。

「綺麗事抜かすなよ。あんただって、はらわた煮えくり返ってんだろ。真相を知っている前提で俺らが喋ってて、その話がちゃんと通じてる。つまり、自分の父親の自殺原因が堂島太平の策謀にあった、って知ってるってことだ。本人が訪ねてきて告白したんだろうな。遺産を分けてもらう約束でもしたか？」

「……していません。遺産は償いではありませんから」

「それでも自分の人生の役には立つ。貰えるもんは貰っておくほうがいい」

「……そうですね、生きていくのにお金は必要です」

「だろ！」相葉が表情を緩ませた。「堂島太平の死が認められれば、あんたにも得がある話だ」

相葉は鞄からクリアファイルを取り出した。中に収められている紙を見せる。

「何ですか、それ」

正好は覗き込んで文面を読み、あっと声を上げた。

「親父の遺言書――」

次男である大崎正好に遺産のほとんどを相続させる旨――もちろんその法的根拠も記載されている――、罪滅ぼしのために松野瑞希に一部を遺贈する旨が直筆で綴られていた。

父が部屋の本棚《ブックシェルフ》の本に隠したという遺言書か。

「どうして相葉さんがそんなものを――」

「二番目のブログにあった遺言書、結局見つからなかったんだろ。それは逆に利用できる。見つかったことにすりゃいい」

「偽物――」

相葉が口元に薄ら笑いを浮かべる。

「いやいや、何考えてんですか。そんなもの、一発でバレますよ」

「心配すんな。前に預かった直筆のメモとかを参考にしてよ、超一流の贋作師《がんさく》に依頼したから、筆跡鑑定の専門家でも見破れねえよ」

遺言書の日付は七年八ヵ月前になっている。ブログの時間軸を参考に、父が松野瑞希に会いに行ったおおよその時期を推測して書かせたのだろう。

相葉が松野瑞希を見た。

「そういうこった。あんたが預かってたことにしてほしい」

「どうしてあたしが？」

「堂島太平は償いの意識があってあんたに遺産の一部を遺そうとし、遺言書をしたためた。ならあんたに預けても不思議はない。その遺言書の存在を消したい人間には預けねえだろ。遺産相続の時期になったら、堂島家の奴らに突きつけてくれ」

松野瑞希は正好に目を向けた。その眼差しは、あなたは本当にそれでいいんですか、と問うているように思えた。

自分は――。

正好は歯を嚙み締めた。

遺産の総取りのために偽造の遺言書を使うのか。発覚したら自分こそ相続権を失うことになる。

とはいえ、正攻法では勝てない。

「松野さんにも悪い話じゃないはずです」

オブラートに包んだものの、精いっぱいの覚悟だった。

「……分かりました」松野瑞希は一瞬だけ躊躇したものの、同じく決意が籠ったような表情でうなずいた。「あなたが後悔しないなら」

正好は息を吐いた。

「兄貴や姉貴に高笑いさせるほうが後悔します」

21

二週間が経ってもブログは更新されなかった。

『失踪宣告』がまだ出ない中、正好は兄と姉に、父の遺言書を入手した、と連絡した。

二人は大騒ぎだった。どこで見つけたんだ、と追及されたものの、相葉の助言どおり、当日に話すの一点張りで押し通した。

約束の期日、正好は久しぶりに館を訪ねた。

一世一代の大勝負だ。

相葉と待ち合わせてチャイムを鳴らした。

扉を開けたのは、見慣れない中年男性だった。短髪で角ばった顔。ブランドものと思しきスーツを着込み、襟元に弁護士バッジが留めてある。

「大崎正好さんですね」

「はい」

「お待ちしていました。私は貴彦さんの弁護士です」彼は不審そうな眼差しを相葉に向けた。「そちらは？」

「俺のアドバイザーですよ」

「相葉だ」名乗った相葉の声には、敵意が滲み出ていた。「ハイエナの中に子羊一匹を放り込むのは忍びなくてね」

弁護士は目を眇め、招かれざる人間へ向ける目線を返した。だが、低く抑えた声で「どうぞ」と言い、踵を返した。

正好は館に踏み入った。

相葉は口笛を吹きながら吹き抜けのホールを見上げた。もし落ちてきたら容易に人間を圧死させられそうな真鍮のシャンデリアは鈍い金色で、クリスタルなどの飾りはなく、アンティークな雰囲気を醸し出している。

「立派な住まいじゃねえか」

相葉は値踏みするような目を注ぎながら歩いている。

これがもうすぐ俺らのもんになるんだな、という内心の声が聞こえてくるようだった。

への字形に床板が組み合わされた床《ヘリンボーン》のリビングの中央には、メダリオン柄の赤い絨毯が敷かれている。猫脚の二人掛けソファには、兄と姉が腰掛けていた。

今日は偽造の遺言書を引っ提げた相葉が兄と姉に対峙する。

兄が座ったまま相葉を睨み上げる。

「そいつは？」

「俺の――」

先ほどと同じ説明をしようとしたとき、相葉がローテーブルの前まで進み出て、仁王立ちになった。スーツのズボンのポケットに両手を突っ込んだまま、兄と姉を見下ろした。

「そいつとはずいぶんな言い草だな。相葉だ。俺はあんたらに絶望を運んできた人間だよ」

兄と姉が揃って顔を顰めた。初対面の相手からこのような不躾《ぶしつけ》な態度を取られたことがないのかもしれない。

兄が正好をねめつけた。

「お前、こんなチンピラとつるんでんのか」

チンピラ――か。それは間違いではない。

正好は苦笑いを返した。

相葉は嘲笑するように鼻を鳴らし、正好と共に腰を下ろした。三人が座れるほど座面が広く、彼が両脚を広げぎみにしても窮屈ではない。

「ま、とにかく全員揃ったな」

兄が面々を見回した。

「いや」正好は答えた。「まだ一人足りない」

「相続人は三人。もう揃ってる」

「あんたらへのどんでん返しが残ってる」相葉が不敵に笑う。

兄と姉が緊張の色を濃くした。

「遺言書、堂島太平が〝彼女〟に預けてたんだよ」

「誰よ、彼女って」

「ブログにちょこっと出てきたろ。あんたが後妻を排除するために利用した男の一人娘だよ」

姉は舌打ちすると、ばつが悪そうに目を逸らした。

「詐欺で相続者を排除すんのは、欠格に値する」相葉は弁護士を見た。「だろ?」

「……事実であれば、欠格事由になりえますね」

「だよな」

相葉はにやにや笑っている。

そのとき、チャイムが鳴った。弁護士が応対に出て行き、連れて来たのは松野瑞希だった。彼女には事前に連絡してある。

相葉は立ち上がり、両手のひらで彼女を指し示した。ポーカーでストレートでも揃ったような笑みを浮かべている。

「さあ、おでましだ」

兄と姉は、警戒心と不快感がない交ぜになった顔で彼女を見ている。

「役者は揃ったな」相葉が一人掛けの猫脚ソファに松野瑞希を座らせてから正好の横に戻り、膝の上で両手の指を絡ませた。「遺産の話をしようじゃねえか」

リビングでローテーブルを囲むように、兄、姉、兄の弁護士、相葉、正好、松野瑞希が座っている。正好は緊張が絡んだ息を気取られないように小さく吐いた。

「あんた――」姉が松野瑞希を睨む。「お父さんの遺言書を持ってるって、本当なの？」

彼女は相葉を一瞥した後、無言でうなずいた。

「何であんたが持ってんの」

「あなたが堂島さんの後妻さんを追い出すためにあたしの父を利用して、その結果、父は自殺に追い込まれました。堂島さんは死の前に償いたいとおっしゃって、あたしを訪ねてきました。遺言書はそこで託されました」

姉は居心地悪そうに身じろぎしたものの、すぐに眉尻を吊り上げた。

「だったら早く出しなさいよ！」

「さっそく──ですか」

「当然でしょ。遺言書なんてものがあるなら、いろいろ変わってくるじゃない」

「……そうですね」

松野瑞希がバッグから遺言書を取り出すあいだ、姉は親指の爪をかりかりと噛んでいた。今夜だけで姉の爪はなくなるかもしれない。

彼女がローテーブルに置いたのは、相葉が贋作師に作らせた偽物だ。封はされておらず、中身は四つ折りになっている。

正好はまるで爆弾解除の現場に立ち会っているかのように緊張し、彼女の一挙手一投足を注視した。

姉が待ちきれないように手を伸ばした。

「待て！」

兄が腕で押しとどめた。姉が「何よ」と睨みつける。

「遺言書は弁護士に任せる」

「……あたしが何かするって思ってるわけ？」

「お前ならやりかねないからな」

「人のこと言える？」

兄と姉が火花を散らす中、弁護士が遺言書を手に取った。

「封がされていないので読む分には問題ありませんが、遺言の執行には裁判所で検認手続きが必要ですよ」

兄が弁護士にうなずいてみせる。誰もが彼の手元を——遺言書を凝視していた。

偽造を見破られたら、相続の資格を失ってしまう。

緊張の一瞬だった。

「読み上げます」弁護士が一呼吸、間を置いた。「『私、遺言者、堂島太平は以下のとおり遺言する。私は人知れず死ぬつもりであるから、遺産相続は『失踪宣告』が出た時点で行われるだろう。一族で揉めぬよう、私の意思を記しておく。私は下記の財産のうち、三千万円を除いた全てを次男である大崎正好に相続させる』」

兄と姉が歯を剝き出し、怒鳴り声を上げた。

「全てって何だ！」

「あたしにも相続の権利はあるはずでしょ！」

「ああ。遺留分は無視できない」

「そうよ！　法律は守りなさい！」

二人の抗議に対しても弁護士は落ち着き払っていた。

「遺言書に書かれている内容によりますと、貴彦さんと美智香さんに、生前から億単位の援助をしてきており、それを生前贈与として扱う、とのことです。三千万円は、松野瑞希さんに遺贈する、と。彼女の父親を破滅に追いやった罪滅ぼしだそうです」

「そんな馬鹿な話があるか！」

「分かりやすく説明しますと、十七年半以上前に母親と共に家を追い出された次男の正好さんは、太平氏からは何の援助も受けていません。一方、貴彦さんと美智香さんは、それぞれ億単位の援助を受けています。その場合、正好さんが遺産の三分の一を相続したとしても、公平ではありません。このようなケースの場合、生前の援助を遺産相続分から差し引きます」

「俺が受け取ったのは、単なる経済的援助だ」

「住宅資金や開業資金など、生前に受けた経済的利益は『特別受益』と言い、その分は相続時に減額されます」

「どっちの味方だ！」

弁護士は兄を見返し、答えた。

「法律の味方です」

「ふざけるな！」兄は遺言書をひったくった。「そもそも、こんな出鱈目な遺言書、本物かどうかも怪しい。父さんのサインには書類用の特徴があるんだよ」

書類用のサイン――？

心臓と胃を纏めて冷たい手で鷲摑みにされたような気がした。

相葉には、筆跡の参考に直筆のメモなどを渡した。父がサインを使い分けていたとしたら——。

正好は不安に押し潰されそうになり、横目で相葉を窺った。彼は無言で兄と遺言書を睨みつけている。

下手に焦りを見せてはいけない。サインの使い分けの話はカマかもしれない。

兄の眉が寄った。舌を鳴らし、遺言書をローテーブルに叩きつける。

「どうだったの？」

姉は嚙みつくように訊いた。

「……父さんのサインだ」

血を吐くような口調だった。

「本当に？」

「父さんは、契約書なんかのサインは、『平』の中を『ハ』にしてた。これもそうなってる」

正好は小さく息を吐いた。

乗り切った——のか？

「俺は認めないぞ」

兄はうめいた。

「そうよ、そうよ！」姉が叫んだ。「こんなふざけた遺言、法に訴えるから！」

相葉がボイスレコーダーを取り出した。

「証拠は揃ってるぜ」

姉は、ボイスレコーダーがまるでおぞましい毒蜘蛛《どくぐも》であるかのように凝視した。

「何よ、それ」

「ま、聞いてみようじゃねえか」

相葉が再生すると、声が流れはじめた。姉のアンティーク家具のショップで録音していた例の会話だ。

『……俺だって笑いたくないし、笑えない。俺が何で店にまで来たか分かってるか？』

『お父さんのブログを見たからでしょ、どうせ』

『さすが姉貴。遺産の取り分が一番大きな邪魔者を見事に排除したな』

『姉貴が仕組んで俺らを追い出したのか？』

『だったら？』

『遺産の取り分を増やしたかったんだろ』

『貰えるものは多いほうがいいじゃない。違う？　あんただってそうでしょ』

途中の音声はカットしてあるらしく、会話が飛んだ。

『狡猾だよな、姉貴。相続権を持ってる邪魔者を排除しようと十七年以上も前に動いていたなんて、誰も疑わないもんな。その頭の回転力、どうやったら身につくんだ？』

『あんたとは――ここが違うのよ』

『……知恵が回っても俺の排除までは無理だったみたいだな』

『感謝しなさい』

『お袋が罠に嵌められなきゃ、親子で七割近くの遺産が手に入ったんだ。感謝なんかできるか』

『貰えるだけありがたく思いなさいってことよ』

音声はそこで終わっていた。

兄は脚を組むと、横目で姉を見た。

「おっと、思わぬもんが出てきたな。ここを――」兄が自分のこめかみを突っついた。

「使って後妻を排除した自白か」

姉は顔を顰めた。

「売り言葉に買い言葉でしょうが。大昔の何の証拠もない話で欠格だのどうだのなんて言われたら、たまったもんじゃないわ」

「れっきとした物証だろ、これ」兄は弁護士に訊いた。「なあ？　欠格に相当するだろ？」

「……これは自白と言えますね」

「欠格にするための手続きは？」

「民法八九一条の欠格事由に当てはまれば、自動的に相続欠格となります。裁判所の手続きなどは必要ありません」

「だとよ」

「あたしは認めないから！」

姉は金切り声を上げた。

二人のやり取りを眺めていた相葉が笑いを漏らした。

「何だ、何がおかしい？」

「……あんたにも相続の資格があるとは思えねえな」

「美智香と一緒にするなよ」

「これを見てもそれが言えるかな？」

相葉はスマートフォンを取り出して操作し、ローテーブルに置いた。画面に動画が再生される。

観葉植物の陰から喫茶店内が盗撮されていた。映っているのは兄と——自称・葬儀屋の怪しい老人だった。二人の会話が漏れ聞こえてくる。

『遺言書の話を聞かせてもらおうか。なぜあんたが所持している？』

『実は先ほど館で申し上げた話の一部は嘘でございました。わたくしはあらかじめ堂島太平様からご自身のことを伺っておりました。堂島太平様は、孤独でございました。遺言書を預けられる人間が周りにいらっしゃらなかったようで』

間があく。

『あなたにお声をかけました理由は他にもあります。遺言書は——ご次男を優遇した内容になっているそうです。お預かりするとき、そうおっしゃいました』

『持っているのか？』

『大事な堂島太平様の遺言書でございますから、しっかりと持参しております』

『見せてくれ』

老人は封筒を渡すと、兄は開封し、読んだ。しばらく不穏な沈黙が続いた。だが、いきなりライターを取り出すと、灰皿の上で遺言書に火を点けた。

『な、何を——』

老人が慌てた様子で身を乗り出し、遺言書に手を伸ばす。だが、燃えていく遺言書を摑むことはなかった。

『ご次男が優遇されているとはいえ、堂島太平様のご遺志が書かれた遺言書でございますよ。それを焼き払ってしまうなんて……』

貴彦は遺言書が燃え切るのを見届けてから立ち上がり、去っていく。

動画はそこで終わっていた。

「な？」相葉はあざ笑うように口元を緩め、兄を見つめた。「絶望を運んできたって言っただろ」

兄は絶句している。

当然だ。父の遺言書を焼き捨てる現場が映像として残っているのだから。

「遺言書の破棄は言い逃れできない欠格事由だよな」

相葉が挑発的に言う。

「ま、待て！」兄は弁護士を見た。「これは違う。この老いぼれは――」スマートフォンに映っている葬儀屋を指差した。「詐欺師だ！」

「詐欺師というのは？」

弁護士が怪訝そうに訊く。

「偽造した遺言書ですり寄ってきたんだ。俺はそれを見破って焼き捨てた。それだけだ」

「通じるかよ、そんな見え透いた言い逃れ」相葉が言った。「次男を優遇した遺言書の存在が邪魔だったんだろ。それを突きつけられて、慌てて破棄した」

「違う。遺言書は偽造だ。父さんのサインが偽物だった」兄が弁護士に縋るように訊く。

「偽造された遺言書を焼いたからって、罪にはならないよな？」

「……偽造であれば」

「含みを持たせるなよ。動画に映ってる遺言書は偽造されてたんだよ!」

「……本物であれば、今ここにある遺言書と合わせて、二つが本物ということになります。日付の新しいほうが有効ですが、そもそも遺言書の破棄は欠格事由になりますので……」

「あれは偽造なんだ!」

「証拠があんのか?」相葉がまた動画を再生し直した。兄と老人の会話が繰り返される。

「遺言書は燃えちまってんだ。証明なんてできねえだろ」

「本物だとも証明できないだろ」

「それを言い出したら、遺言書は焼き放題だな。遺産相続の場で他の人間が読む前に遺言書を焼いてしまっても、その言いわけで正当化できるとでも?」

兄が喉を詰まらせたような声を漏らした。

「俺は立ち去るとき、偽物だって看破してやったんだ。その部分を見れば分かる」

「残念ながらそんなシーンは映ってねえな」

「意図的に切り取ったんだろ!」

「席を立ったところまで映ってる。常識的に考えて、その後にそんなやり取りがあったとは思えねえな」

「映像がないからって、後付けで映っていないシーンの話を聞かされてもな。信じろってほうが無理だ」

「事実だ！」

「罠だ！　最初から俺を嵌めるために仕組まれたんだ！」

「人聞き悪《わり》いな。強欲な堂島家の連中がどんな汚《きたね》え手を使うか分からねえから、探偵に張らせてたんだよ。そうしたら、こんな面白い画《え》が撮れたってわけだ」

姉の手口を真似した形となった。

兄が歯軋りした。

「どうやら――」相葉が勝ち誇ったように言った。「遺産は大崎ひとりのもののようだな」

「俺は……」兄の声はぶるぶると震えていた。「俺は絶対に認めないからな！」

松野瑞希が辞去し、怒り狂った兄と姉が弁護士と共に部屋を出ていくと、正好は相葉に訊いた。

「もしかして……あの葬儀屋の老人、相葉さんの仕込みですか？」

相葉は流し目を正好に向け、にっと笑う。

「俳優崩れの老人でな。金で何でもする」

裏で相葉が糸を引いていたとは想像もしなかった。芝居がかった言動の数々は、怪しさを醸し出すことで興味を引くための計算だったのかもしれない。

「何で教えてくれなかったんですか」

「敵を欺くならまず味方から。知ってたらボロが出るだろ。お前が不自然な言動をしちゃ困るからな」

「何のために送り込んだんですか」

「お前の兄貴を嵌めるために決まってんだろ。遺言書の存在をちらつかせれば、食いつくと思ってな」

「兄貴が焼いたのも、偽物なんですか？」

「ああ。偽造した遺言書が通じるか試す意味もあった。けど、一番の目的は隠滅させることだ。持ち帰って処分するだろうと踏んでた。映像を突きつけた後、隠蔽してないなら現物を見せろって迫る予定だったんだけどな。目の前で焼いてくれるとまでは思わなかった」

策士の相葉は見事に兄を嵌めたわけだ。

兄が遺言書を処分すれば、偽物だと証明する手段はない――ということか。

「思わぬ収穫もあったしな」相葉がさらに言った。「あいつは自分を騙そうとした人間にマウントを取らなきゃ気が済まなかったんだろうな。私信とは違う書類用のサインがあることを立ち去り際に教えてくれた。だから、松野瑞希に託した遺言書にはそれを反映させた。見破られる心配はない」

　そう願う。

「これからどうするんですか？」

「兄貴も姉貴も素直には認めねえだろ。『相続人の地位を有しないことの確認を求める訴え』を起こして闘うしかねえな」

「……勝てますか？」

「絶対とは言えねえな。ただ、こっちには長男と長女には遺産を渡さないという遺言書もあるし、動画と録音のインパクトはでかい。とりあえず、担当の家裁調査官に遺言書を見せてやれ」

「真壁さんに？　危険では？」

「どうせ、法律関係者の目から逃げることはできねえよ。遺言書の中で堂島太平の死を匂わせてんのも、家裁調査官に見せつけるためだからな。『失踪宣告』の後押しになるはずだ」

22

陰鬱な雨が降りしきる夜、真壁は堂島太平の館を訪ねた。〝堂島太平の遺言書〟を見せられてから一週間が経っている。

職務を逸脱した話をするつもりだったから、家裁に出頭してもらうことはしなかった。傘を折り畳み、肩口の雨粒を払った。チャイムを鳴らすと、次男の正好がドアを開けた。案内されたリビングには、事前に同席を頼んでおいた者たち――長男の貴彦、長女の美智香、堂島太平のブログに登場したという松野瑞希が待っていた。その場には、もう一人の男がいた。修羅場をくぐってきた顔つきで、ストライプのスーツを着ている。男は相葉と名乗った。正好の法律的なアドバイザー役だという。

真壁は苦笑しながら面々を見回した。

「どうやら――お家騒動に発展してしまったようですね」

貴彦が小馬鹿にするように鼻で笑い、正好を睨みつけた。

「遺産の独り占めを目論んだ欲張りのせいでね」

美智香が「後妻の子のくせに」と吐き捨てる。

「まあまあ」真壁はとりなした。「思うところは色々おありでしょうが、座ってお話ししましょうか」

「『失踪宣告』が出そうなんですか」

　正好が興奮を押し隠した口ぶりで訊いた。

「……そうですね、『失踪宣告』は遠からず出ると思いますが、同じくらい大事な話です」

　リビングに忍び込んでくる雨音の中、ときおり雷鳴が交じる。

　六人でローテーブルを囲むようにソファに腰掛けた。

　諸々の事情は、〝堂島太平の遺言書〟を持参した正好から聞いている。十七年半以上前に美智香が策謀をめぐらして後妻共々正好を追い出した話、貴彦が遺言書を破棄した話、堂島太平のブログに登場した〝彼女〟は松野瑞希という女性で、彼女が〝堂島太平の遺言書〟を預かっていた話――。

「さて――」真壁は五人の顔を順番に見た。「『失踪宣告の申し立て』以降、様々なことが起きましたね。堂島太平氏のブログが次々と更新されていきました」

「もう止まりましたよ」貴彦が言う。「父さんの仕業じゃないことは明白です。惑わされずに『失踪宣告』を出してほしいですね」

　相葉が挑発的に言った。

「まだ相続の資格があると思ってんのか？」

「詐欺師が持ってきた偽物の遺言書を燃やしただけで、欠格にされてたまるか。あれもお前の差し金じゃないのか？　その場面を撮影できるのは都合がよすぎる」

「証拠もなく悪党にすんなよな。言ったろ、探偵にあんたらきょうだいを張らせていた結果だって」

貴彦が舌打ちする。

「喧嘩《けんか》は後にしましょう」真壁は言った。「まだ早いです」

「……引っかかる物言いですね」

正好が眉に不審の念と緊張をあらわにしていた。

「堂島太平氏の遺言書、もう一度見せていただけますか？」

正好は不安そうに遺言書を取り出し、ローテーブルに置いた。

真壁はそれを取り上げ、改めて目を通した。

「これは本物ですか？」

「当然だ」相葉が自信満々に言った。「堂島太平の直筆だ」

「偽物よ」美智香が嚙みつく。「鑑定させたら、百パーセント一致するとは言えない、って結果が出てる」

「金にものを言わせたんだろ。敵側の鑑定なんか信用できるか。故人の遺志は汲《く》んでやれよ」

真壁は遺言書をローテーブルに戻した。

「私は――これは偽物だと思います」

雷光が瞬き、闇を映す窓ガラスを白く染めた。続けざまに雷鳴が炸裂する。

「言いがかりだ」相葉が声を尖らせる。「何を根拠に――」

全てを明らかにするためにこの場にいる。

真壁は松野瑞希を見た。

「あなたはこれを堂島太平氏から受け取ったんですね？」

彼女は真意を探るように見返してきた。

「……そうです」

彼女は静かに答えた。

「遺言書の作成の日付は七年八ヵ月前です。堂島太平氏がその時期にあなたを訪ね、罪滅ぼしにこの遺言書を作成してあなたに預けた――というお話でしたね」

「……はい」

「解せません。罪滅ぼしをしたいという気持ちは理解できますが、会って間もない女性に重要な遺言書を預ける、ということがあるでしょうか？」

「何がおっしゃりたいんでしょう？」

「堂島太平氏はあなたに心を許していたからこそ、遺言書を預けたんでしょう。人生の最後の時間、ずいぶん献身的に世話をされていたようですから。A子さん」

松野瑞希以外の全員が「は？」と声を漏らした。

彼らの困惑が落ち着くのを待ってから続けた。

「皆さんはA子さんを使用人の愛子さんだと思い込んでいましたが、それは間違いだったんです。A子のAは名前のイニシャルではなく、アルファベットの一文字目を使った仮名だったんです。A子さんは松野瑞希さんです」

真壁はブログをプリントアウトした用紙をローテーブルに並べた。分かりやすいよう、投稿された順に日記にナンバーを振っておいた。


彼女は本当に献身的で、余命わずかな私を想い、尽くしてくれる。金で雇われただけの世話人のようなよそよそしさはなく、まるで長年の連れ合いのように。


日記のナンバー①の記述を読み、愛子は使用人の領分を越えて献身的に世話してくれる、という意味だと思った。だが、それは誤読だった。正確には、金で雇われただけの愛子とは違って、松野瑞希は長年の連れ合いのように献身的だ、という意味だったのだ。

「何を言ってるんですか」正好が反応した。「親父はA子に自分の過去の罪の話をして相談して、それで背中を押されて松野さんに会いに行ったんですよ。ブログを思い出してください。A子が松野さんなら時系列が狂ってきます」

「そうです。時系列が違うんです。なぜなら、ブログは頭から順に投稿されていたのではなく、最後から逆順で投稿されていたからです」

驚愕に目を瞠った彼らは、理解しかねるように固まっていた。

真壁は語った。

「私は何十回とブログを熟読しました。すると、しばしば引っかかる描写があったんです。たとえば、堂島太平氏が罪滅ぼしのために〝彼女〟――松野さんに会いに行った時期です。ブログの時系列を信じて解釈すると、彼は失踪前に松野さんに会いに行っているので、余命わずかな正好さんのお母様からメールを受け取ったのは、八年近く前ということになります。しかし、正好さんは最初の面会でお母様の話をされたとき、『八ヵ月前に病死した』『病気が判明してからあっという間だった』と語りました。もし病気が判明してから八年近くも闘病していたなら、〝あっという間〟という表現は使わないでしょう。違いますか?」

正好は少し考え、うなずいた。

「お袋の病気が分かったのは一年九ヵ月くらい前です。五ヵ月ももちませんでした」

「そういうことです。時系列に不正確さがあるんです。他には〝場所〟の不正確さです。

A子さんに世話をされているシーンです。室内が狭いんです。堂島太平氏は〝布団〟に寝転がり、〝台所〟のA子さんを見ています」

真壁はブログの該当箇所を順番に人差し指で撫でた。

私は目を開けると、台所に立つA子の後ろ姿を眺めた。長い黒髪をゴムでくくり、朝食を作っている。

食事が終わると、A子は台所で皿洗いをはじめた。

私は長時間起きていることもできず、布団に横たわった。彼女が皿洗いを終えたタイミングで「脚がつらい」と呼びかける。

「どうでしょう?」真壁は広いリビングを見回した。「館を拝見するのは初めてですが、私はブログに書かれているような間取りとは思えませんでした。布団も洋風の館には似合いませんし、布団に横たわりながら目を開けたら台所のA子さんが見える――。これは1LDKくらいのアパートの描写です」

「言われてみれば……」

美智香がつぶやくように言う。

「私はこの時点で堂島さんは館には住まわれていないのではないか、と考えました。しかし、それでは整合性がとれません。何しろ、ナンバー⑧の『孤影悄然』では貴彦さんや美智香さんと館で会話されていますし、最後の最後に『私は館を出ることにした』という描写があります。この矛盾をどう説明するのか。私は頭を抱えながらブログを読み返しました。何度も何度も。⑧を何度も読み返してから、何となく⑦の『告白』を読んだとき、私は違和感が消えることに気づいたんです。続けて⑥、⑤、④――と遡っていくと、全ての流れが綺麗に繋がるんです」

「まさかそんな……」

正好は目を剥いていた。


「お前だけだ、私に尽くしてくれるのは」

私らしくなく、それは弱々しく響いた。

私はＡ子の顔を見つめた。彼女はしばし沈黙した後、感情を込めずに言った。

「……あたしはお金目当てで世話をしているわけじゃありませんから」

彼女がなぜそんな台詞を口にしたのか、私には理解できた。私は分かっていると伝えるために黙ってうなずいた。

ナンバー①の『私はまだ生きている』を一読したときは、なぜ突然A子がこの話の流れで金目当てを否定する発言をしたのか、少し引っかかった。

だが、ナンバー②の『悔恨』のほうが①より時系列的に先なのであれば、A子の心理も繋がる。

「……もし私が遺産をお前に遺したい、と言ったらどうする?」

「え?」

「冗談だ。本気にするな」

彼女が何かを答える前に、私は前言を撤回した。

私は彼女が金に目の色を変える姿を見たくなかったのである。神経質になりすぎている今の私なら、ほんの少しの反応から彼女の感情を読み取ってしまうだろう。もしA子が私の家族と同様の守銭奴だと確信してしまったら、私は絶望する。今際の際に絶望に囚われる。

私は——人間というものを少しでも信じたかった。

A子は無反応だった。まるで自分一人がこの世に取り残されたかのような錯覚を抱き、私は振り返った。

Ａ子は――変わらずそこにいた。私の車椅子のハンドルを握り締めたまま、深刻な面持ちで押し黙っている。

「どうした？」

Ａ子は思案するような間を置き、引き結んだままの唇をようやく開いた。

「……そろそろ帰りましょう」

声には怒気が籠っていた。


川辺を散歩中に堂島太平が遺産の話をした後だからこそ、金目当てだと思われることを否定したかったのだ。

貴彦が用紙を取り上げ、読み返した。隣に座る美智香が「私にも見せて！」と覗き込む。

真壁は二人が読み終え、正好と相葉が確認するのを待ってから「どうですか？」と尋ねた。

「……違和感はない」貴彦が言った。

「それどころか――」美智香がこわばった声で言う。「これじゃ、色んな状況が引っくり返るじゃないの」

「そうなんです」真壁はうなずいた。「つまり、堂島太平氏は館で愛子さんに世話をされるうち、過去の罪を告白して相談して〝彼女〟に会いに行ったわけではないんです。⑥の日記では、『前回の続きは感情的になりすぎるため、割愛する』とありますが、それは〝彼女〟に会って何をしたかを伏せるという意味ではなかったんです。むしろ、〝彼女〟に会ってからの日々は詳細に綴られていたんです」

日記を逆に読んでいくと分かる。

堂島太平は我が子たちの欲望にうんざりし、館を出たのだ。そのまま一切の関わりを断って死を迎えるつもりだったものの、思いがけず六年も生きていた。そんなとき、正好の母親からメールが届いた。そこには余命の話と過去の誤解の話が書かれていた。

堂島太平は真相を知り、死の前に償いたいと思うようになる。そして住んでいる場所を出ると、〝彼女〟に会いに行った。アパートの前で〝彼女〟――つまりA子と出会った堂島太平は、倒れているところを助けられた。

A子の父親の話であることを隠して自分の罪を本人に告白し、どうすべきか問うた。おそらく、A子本人ならどうしてほしいか本音を確認する目的があったのだろう。

A子は④で『だったら、迷わず会いに行くべきです』と答えた。

③では、『私は全てを告白した。正直な気持ちも語り聞かせた。それには覚悟が必要だった』と記されていた。A子は『そうだろうと思っていました』と答えている。堂島太平の話を聞き、アパートの前で助けた老人が父の仇だと察したらしい。

その後はA子に世話される描写が続く。最初は素っ気なかった彼女だが、自殺を試みた堂島太平を助けてからは、彼の苦しみに寄り添い、労《いた》わるようになった。
②の『悔恨』で堂島太平は変装し、A子がレンタルしてきてくれた車椅子で外出している。

思い詰めた私が愚かなことをしないよう、監視の意味があるのか、気晴らしのつもりなのか、彼女は「どこか行きたいところはありますか」と私に尋ねた。


〝愚かなこと〟というのは自殺のことだったのだ。

「正しい順序で読んでいけば、あらゆる矛盾と違和感が消えます。ナンバー⑤の『決断』に登場した〝彼女〟が松野瑞希さんなら、必然的にA子さんも松野瑞希さんということになるんです」

誰もが彼女を見つめていた。だが、何を言えばいいのか分からないらしく、言葉は発せられずにいる。

真壁は松野瑞希に訊いた。

「堂島太平氏の世話をしていたA子さんは、あなたですね？」

彼女は覚悟を決めるかのようにまぶたを伏せ、しばし黙り込んだ。

やがて静かに目を開け、「はい……」と答えた。その声には諦めのような感情はなく、むしろ『ようやく気づいてくれたんですね』とでも言いたげだった。

「松野さんは堂島太平氏を看取ったんですか？」

「……はい。亡くなったのは三ヵ月半前です」

そんなに長生きしていたのか。それが本当なら堂島太平の死亡はブログが更新されはじめる一ヵ月前だ。

「堂島太平氏が最後の日々をあなたのもとで生きたならば、その様子の記述がある日記は、あなたが所持しているのではありませんか？」

松野瑞希は今度はためらわず、「そうです」と答えた。

「堂島太平氏のブログを投稿していたのはあなたですね」

「はい」

正好が「嘘だろ！」と声を上げた。「そんなこと、一言だって——」

彼女がほほ笑みを返した。

「訊かれませんでしたから」

「い、いや、だからって、まさか……」

真壁は訊いた。

「ブログのことを私に匿名で知らせてきたのも、あなたですね」

「はい」

「なぜ時系列を逆にして投稿を？」

「……堂島さんの遺志です。理由までは分かりません」

「そうですか。何にせよ、ブログの時系列は逆だった。これで〝堂島太平氏の遺言書〟が偽造されたものだと確定したわけです」

「何言ってんだ」相葉が身を乗り出した。「ブログの時系列がどう関係してるってんだ」

真壁は〝堂島太平の遺言書〟の日付部分を指し示した。

「ここです。遺言書の作成日が七年八ヵ月前になっています」

「堂島太平はそのころに彼女に出会ってんだから、何もおかしなことなんて――」

相葉はそこまで口にし、絶句した。顔から血の気が引いていく。

「お気づきのようですね。正しい時系列で読むと、堂島さんは館を出た後、六年生きています。その後、正好さんのお母様からメールがあり、松野さんに会いに行っています。つまり、松野さんに会った時期は、今から一年九ヵ月以内と推測できます。七年八ヵ月前にはまだ松野さんの存在を知りません」

相葉が唇の端を引き攣らせた。

「にもかかわらず、遺言書の作成日はなぜか七年八ヵ月前になっています。これが意味することは、⑧まで投稿されたブログを見た人間が時系列の錯誤を知らないまま偽造した、ということです」

貴彦が「やっぱりな！」と歓喜の声を上げた。

真壁は松野瑞希に尋ねた。

「偽造したのはあなたですか？」

彼女は動揺を見せず、正好と相葉を見てから答えた。

「……いいえ」

「あなたではない？」

「はい。あたしにはそんな技術もってもありません。あたしが託されたことにしてほしい、と相葉さんたちに頼まれたんです」

「嘘だ！」相葉が跳ねるように立ち上がった。「出鱈目だ！」

「……事実です」

「俺たちに罪をなすりつけようとしてる！」

真壁は相葉を見上げた。

「なぜ彼女がそんなことを？」

「考えるまでもないだろ。遺言書を偽造した犯人なら、欠格者になって遺贈も受けられないからだ」

「……それは矛盾しています。遺言書が偽造なら、そこに書かれている遺贈の遺志も存在しないので、そもそも彼女には堂島太平氏の財産を受け取る資格がありません」

相葉が声を失った。

貴彦が勝ち誇った笑みを浮かべ、正好を見た。

「どうやら欠格者が増えたみたいだな。遺言書の偽造は言い逃れ不能な欠格事由だぞ」

正好は顔面蒼白だった。自ら仕掛けた罠に嵌まった猟師のように打ちひしがれている。

「あなたは欲に囚われたんです」松野瑞希が正好に憐憫《れんびん》の眼差しを向けた。瞳には悲しみが宿っている。「そうでなければ、充分な遺産を受け取れたのに……」

「俺は……俺は……」

「堂島さんは生前、話していました。生きるために必要なお金も、それが一番の価値観になってしまったら、孤独に陥る、と。次男だけは見誤ってほしくない、と。あなたに会ったとき、あたしもそう願っていました。それなのに、あなたは偽造の遺言書をあたしに押しつけました」

正好ははっと顔を上げた。

「だから、あのとき、あんな表情であんな台詞を――」

「後悔する結果になるかもしれない、と思ったからです」

「さて」真壁は松野瑞希に目を向けた。「遺言書の偽造が判明したわけですが、私は、実は本物の遺言書をあなたが所持しているのではないか、と考えています」

彼女以外の四人が「え？」と困惑と驚きの声を発した。

「なぜそう思われるんですか？」

彼女が訊いた。

「堂島太平氏のブログです」真壁は日記のナンバー②の『悔恨』を指した。「ここです」


私は気力を尽くして身を起こすと、鞄から白紙の便箋を取り出し、机に向かった。

新たな遺言書を作成した。

遺言書には次男のことも書いた。過不足なく綴ると、最後に署名も入れた。

私は痛む腰を押さえながら立ち上がり、本棚に差されている一冊の本のあいだに遺言書を挟み込んだ。

私の死後、見つけてくれることを期待した。


「堂島太平氏がこの時点であなたのアパートで生活していたことを考えると、遺言書を隠したのは、あなたの部屋の本棚の本のあいだということになります。時系列を錯誤したまま読めば、館の自室に遺言書があるように勘違いするでしょうが、正しい時系列を知っているあなたは、日記を読んで気づいたはずです。自分の部屋に遺言書がある、と」

松野瑞希は面々を見渡してからうなずいた。

「本物はここに持参しています」

「嘘だろ」貴彦が忌まわしい呪符でであるかのように、彼女が掲げる遺言書を凝視した。「俺たちは場所を誤解してたのか……」

真壁は言った。

「これは、きちんと検認手続きを行って開封したほうがよさそうですね」

23

指定された約一ヵ月後の期日まで、相続人たちはどのような日々を過ごしただろう。

あの夜——本物の遺言書の話を知った貴彦と美智香は、それに一縷の望みを繋いでいる節があった。遺言書の偽造が暴かれた正好は、一発逆転の目はもうなく、茫然自失《ぼうぜんじしつ》だった。

今日、全てが終わる。

真壁は面々を見回した。今回は特殊な事情を考慮し、関係者全員の同席が許可された。一様に緊張が窺える。果たしてどのような結末を迎えるのか。

裁判官は手渡された遺言書を開封し、中身の確認を行った。

遺言書の日付は約四ヵ月前だ。内容は——一部を慈善団体に寄付し、残りを全て次男の正好に相続させる旨が直筆で綴られている。長男の貴彦と長女の美智香に関しては、二人の数々の悪行が告発のように書き連ねられていた。それを理由に相続人の廃除を求めている。

相続人の廃除——。

相続人の欠格が認められるケースはほとんどないものの、相続人の廃除はほんの少しハードルが下がる。被相続人を虐待したり、執拗に侮辱したり、財産を勝手に処分したり、親不孝な問題行動を繰り返したり、重大な罪を犯したりした相続人について、申し立てることができる。遺言書に記されていた場合、遺言執行者が家庭裁判所に廃除請求をする。

最後には、もし全員が相続の資格を失った場合、全額を慈善団体に寄付すると明記されていた。

遺言書を読み上げると、貴彦と美智香の顔色が一変した。土気色になっている。

正好は現実を否定するようにかぶりを振り続けている。

真壁は松野瑞希に訊いた。

「遺贈などであなたの名前は書かれていないんですね」

「そうみたいですね。でも、あたしは財産の遺贈は望んでいませんでしたから」

そういえば、堂島太平はブログの中で彼女に遺産を遺そうとしたことがあった。だが、『もし私が遺産をお前に遺したい、と言ったらどうする？』と訊いたものの、すぐに思い直し、『冗談だ。本気にするな』と話を終えている。

「……あたしは遺産目的で堂島さんを何ヵ月も世話したわけではありません」

「堂島太平氏と最後の時を過ごし、憎しみの感情が消えたんですか？」

　松野瑞希はまぶたを伏せ気味にした。

「……あたしの父は破産に追い込まれ、自殺しました。元凶である彼への感情が消えたわけではありません。遺産を望まなかったのは、〝世話のお礼〟を貰う関係ではないと思ったからです。そのような純粋な関係ではないからです」

　何となく気持ちが理解できた。

　私と彼女の関係を思えば、〝遺産〟を渡すことがいかに不適切か、思い至った。〝遺産〟は純然たる相続権利者に遺すべきだ。

　私は彼女に〝遺産〟を渡そうとしたことを反省し、考え直した。

　堂島太平も彼女の繊細で複雑な感情を理解したからこそ、遺産という単語を強調しているのだ。

「だから、遺贈ではなく、慰謝料を、請求したんですか？」

今度驚きの表情を作ったのは松野瑞希だった。

「なぜそれを？」

「先日、判決が出たそうですね。情報が入ってきました。あなたが堂島太平氏を訴えた民事裁判で勝訴し、三千五百万円の慰謝料を得ることになりました」

美智香が「何よそれ！」と怒鳴る。「お父さんから遺贈されたってわけ？」

松野瑞希は細く息を吐いた。

「財産の遺贈ではなく、慰謝料です。それが堂島さんの最後の償いだったんです」

「言葉遊びでしょ、そんなの。遺贈です、って言う代わりに、慰謝料です、って言われたら、受け取るわけ？　結局お金目当てだったんでしょ、あんたも」

「言葉ではなく、法に定められた慰謝料です」

「法？」

「そうです。堂島さんは自分を訴えるよう、あたしに懇願しました。あたしは迷いましたが、それが彼の望みならば、心置きなく逝けるよう、思い残すことはないよう、従ったんです。訴状を作成して地方裁判所に提出しました。堂島さんは過去の過ちを認め、あたしの主張の全てを受け入れたんです」

先日調べたところ、訴訟の提起は六ヵ月半前だった。堂島太平が亡くなる約二ヵ月前だ。

堂島太平が自ら望んだ訴訟だとしたら——。

松野瑞希にブログの投稿を指示した理由も分かる気がする。

訴訟を起こせば、第一回口頭弁論は遅くても二ヵ月以内に行われる。堂島太平が彼女の請求を全面的に認めるのであれば、『請求の認諾』という手続きをし、判決と同じ効力を有する『認諾調書』が作成される。そうすれば、第一回口頭弁論期日で裁判は即終了する。

だが——。

おそらく堂島太平の命はそこまでもたなかった。『請求の認諾』が不可能だった場合、本人不在のまま裁判が行われる。

判決前に堂島太平が死んでしまうと、相続人である貴彦や美智香が裁判を引き継ぐことになるため、争いになる。仮に全面的に彼女の言い分を認める意見書を裁判前に弁護士に託していても、貴彦や美智香が裁判を引き継いだ場合は、その弁護士は解任されてしまうだろう。

慰謝料が松野瑞希に問題なく渡るには、堂島太平が判決まで生きている必要があった。

そう、『失踪宣告』で死が確定するわけにはいかなかったのだ。彼のブログの再開で『失踪宣告』が先延ばしになり、判決が出るまでの時間稼ぎになった。

慰謝料を支払う決定が出た後であれば、たとえ裁判前に太平が死んでいることが判明しても判決は無効にはならない。しかも、慰謝料の支払いと遺産相続なら慰謝料の支払いが優先される。もっとも、『慰謝料の支払いが不当な財産隠しの手段だ』、『実質的には贈与だ』と相続人が主張し、訴えられる可能性はゼロではないが、そこまではしないだろう。

松野瑞希の父親に起きた理不尽な悲劇を思えば、一人娘として慰謝料くらいは受け取ってしかるべきだろう。彼女の真意をここで明らかにするつもりはない。

「……お三方とも、欲が空回りしましたね」

真壁は後味の悪さを噛み締めたまま、そう言った。

エピローグ

雲の切れ目から太陽の光が幾筋も降り注ぐ墓地には、緑がざわめく春風が吹き渡っていた。

父は生前、松野瑞希の介助を得て墓も準備していたらしく、小さな墓地にひっそりと眠っていた。

墓参りに来ることができるようになるまで、ずいぶんかかってしまった。

正好は墓石の前に立った。

遺産が泡のように弾けて消え、長くショックから立ち直ることができなかった。

相葉への借金に関しては――。

悪夢の大雨の夜、相葉は館を立ち去るときに振り返り、皮肉っぽい自虐の笑みを浮かべて言った。

――悪《わり》いな、借金のチャラ程度じゃ釣り合わねえけど、それで勘弁してくれな。

それは策謀が裏目に出た相葉の、ある意味、潔さと罪滅ぼしだった。

内心、憎々しく思う感情はあった。だが、相葉の囁きに耳を傾け、遺産の総取り計画に乗っかったのは他ならぬ自分なのだ。

欲を掻き、結果として全てを失ってしまった。

儚い夢だった。

——親父。

正好は墓石を見つめた。

——親父はあの世で俺をあざ笑ってんのか？

一族の中で仕掛けたマネーゲームに敗北し、手の中に掴みかけていた大金を全て失った。

ブログの時系列を逆さまにしての投稿を松野瑞希に指示したのは、欲深い子供たちに仕掛けた罠だったのか？

いや、そうは思わない。あべこべのブログを見た人間がそれを利用しようとして誤るとは、誰にも予想できない。

では、なぜか。

もしかしたら、父は心穏やかな最期だったことを隠したかったのではないか。

正好は手桶《ておけ》の水を柄杓《ひしゃく》で掬《すく》い、墓石にかけた。涙のように表面を流れていく。

ブログを初めて読んだとき、父を孤独だと感じた。献身的だったA子には次第に素っ気なくされ、母からのメールで過去の大きな過ちを思い知らされたあげく、遺産目当てに死を望む子供たちの本性を目の当たりにした。絶望のまま館を出て孤独死したものだとばかり――。

だが、ブログの時系列を正しい順に読むと、父は決して哀れで悲惨な最期だったのではないと分かった。

罪滅ぼしに会った松野瑞希に看取られた。少しは平穏な死であったことを願う。

父としては、そのような最期だったことを家族に知られたくなかったのではないか。

今となっては想像しかできないが、プライドの高い父の性格を思えば、本来なら罪を償わなければならない相手に逆に同情され、世話され、看取られたことは恥ずべき最期だったのかもしれない。

あるいは、孤独ではない最期を迎えたと知られたくなかったか。正しい順序でブログを読んだ兄や姉は悪びれもせず言うだろう。

心安らかに逝けて幸せだったんじゃないか、と。

自分の死を待ち望んでいた子供たちに、自分の死が何の感情ももたらさなかった、という現実は胸をえぐるものがある。

しかし――と思う。

自分は善意に解釈したい。

それが正しかったかどうかは別にして、父は自分と同じように欲深く育った子供たちに、死に方をもって教訓を与えようとしたのではないか。

金が全てという価値観になった人間の末路は孤独死だ——と。

もしかすると、いずれブログの時系列に気づくことも想定していたかもしれない。

時系列を逆さまにした意味を考え抜き、そこに込めた想いを汲んでくれることを願った——。

正好は墓石を見つめたまま、ふっと苦笑を漏らした。

——善意にすぎるか、親父？

結局のところ、相手に死なれたら、残された者は想いを想像するしかない。

億単位の大金は人生を変えるには充分すぎる金額で、人生を狂わせるにも充分すぎる金額だ。

手にしていたら自分はどうなっていただろう。

遺産のために兄と姉を出し抜こうとした。二人への積年の憎しみがあったとはいえ、手取り三億では満足できず、総取りを目論んだ。金に目の色を変えた。

真面目に、地道にこつこつ働くのが一番だ——とは思わない。金銭的にゆとりがあれば、十円を節約するような生活費の計算も不要で、病気の治療も望みどおり受けられる。思わぬトラブルで予定外の出費があっても困窮せずにすむ。

だが、飢えた狼《おおかみ》が餌を欲するように人が金を求めれば、目の前にある幸せも見落とし、人間性を失うのかもしれない。

正好は肌を撫でる爽やかな春風を味わった。

父が自分の存在を忘れていたのではない、と分かり、少し救われた思いがある。投稿順にブログを読んでいたときは、父が後妻の子である自分のことを思い出して後悔する様子が書かれていたが、更新されるにつれ、触れられなくなっていった。もう気にもかけてくれないんだな、と改めて憎しみの感情があふれた。

だが、実際は違った。

正しい順序で読むと分かる。父は時の経過と共に自分のことを強く想うようになっていった。

にもかかわらず、自分は憎しみと反感で生きてしまった。

柄杓を手桶に戻し、息を吐く。

父が『失踪宣告の申し立て』後もまだ生きていたことを思えば、死の前に再会が叶う可能性はあったのではないか。

最後にもう一度会話できれば、和解できたかもしれない。いや、どうだろう。父の想いを知る前の自分なら、悪態をつき、後悔と共に看取ることになっていたかもしれない。

父が遺したブログが何よりの遺言書だった。

父の死を通し、何かを学んだのか何も学んでいないのか、自分が成長したのかしていないのか、それは分からない。だが、何かが変わった。それだけはたしかだ。

これからも自分の力で生きていく。

——今度こそ本当にさよならだ、親父。

正好は墓石に背を向け、墓地を後にした。春風が吹き、どこからか桜の花びらが舞い落ちた。

解　説

今村昌弘

文庫版『絶声』を読み終えた方はいらっしゃいませ。本文より先に解説を読む派だという珍しい方は、この先ネタバレを含みますので主義を曲げて本文をお読みになることをお勧めします。

さて、ミステリでは往々にして遺産をきっかけとして事件が起きる。時には人を殺《あや》めるほど金銭――特に他人から転がり込む大金には人間を狂わせる魔力がある。現実の世界で考えても、怨恨と並んで最も多い犯罪動機ではないだろうか。

『絶声』もまた手を伸ばした先に見え隠れする莫大《ばくだい》な遺産に翻弄される遺族の姿が描かれるとともに、最期に人生の価値を問い直そうとする男の苦悶を映し出す。

事件の引き金になるのは昭和の大物相場師と呼ばれた堂島太平の遺産。彼は約七年前、膵臓《すいぞう》がんに冒された身で自宅から失踪した。行方不明者の生死が七年以上明らかでない時、利害関係人は失踪宣告を申し立てることができ、行方不明者が法律上死亡扱いとなる。膵臓がんだった太平がどこかで生き長らえている可能性はゼロに等しく、彼の子供である三人は失踪宣告の成立を今か今かと待ち構えていた。宣告と同時に、財産の相続が可能となるためだ。しかし時計が失踪から七年を刻もうとした瞬間、驚くべき報せが入る。太平が生きているというのだ。その証拠がまた風変りである。太平が失踪以前に作ったブログが更新されたのだ。

『私はまだ生きている』。

パスワードを知っている本人にしか更新はできないはず。しかも不可解なことに、何者かからの密告で家庭裁判所はこの事実を把握したという。

失踪が宣告されないことに動揺し、憤る相続人たち。長男でトレーダーの貴彦、長女でアンティークショップ経営者の美智香は事業がうまくいっていない。十七年前に家を追い出されて以来、没交渉だった次男の正好には多額の借金がある。住み込みで太平の世話をしていた使用人、愛子はなにかしら兄妹たちも知らない秘密を抱えているようだ。遺産のために表向きは結束し、父の消息を探ろうとする兄妹たちだが、彼らの思惑をよそに、ブログは立て続けに知られざる真実を吐き出していく――。

物語は借金取りの相葉から莫大な遺産を手にするための策を持ちかけられた正好を主軸として、コンゲームにも似たサスペンスが展開されていくが、所々で家裁調査官の真壁の視点が差し挟まれるのがユニークだ。家裁調査官とは、作中の言葉を借りると臨床心理学や家族社会学、教育学、精神医学、社会福祉学などの知識を生かして夫婦間や親子間のトラブルを調査する国家公務員とのこと。こうした、一般にはあまり知られていない職種にスポットライトが当てられるのも、下村作品の特徴の一つと言える。当事者たちより一歩引いた立場から騒動を観察する真壁は探偵役としての視点も兼ねており、サスペンスの勢いに引っ張られるだけでなく、遺産騒ぎの裏で一体何が起きているのか、ミステリ的に言えばワットダニットの趣向を強く意識させられることになる。

謎の牽引役《けんいん》となる、一週間ごとに更新されるブログの内容はだいたい次のようなものだ。

病に体を蝕《むしば》まれた太平は死の影に怯《おび》えながら、自らを労《いた》わってくれない子供たちへの不満を感じている。これまでの自身の考え方や振る舞いを悔やむ一方で、親身に世話をしてくれる〝A子〟には感謝の念を抱いている。

A子との穏やかな暮らしを重ねた太平は彼女にも遺産を渡すことを考えるが、最終的にはそれが不適切だと思い至り、かつて家から追放した正好のことを書き加えた遺言書を作成する。

太平の告白を聞いたA子はそれを予期していたかのような反応を見せ、太平への態度を硬化させる。それまでの手厚い介護が嘘だったかのように扱われ、拒絶に耐えきれなくなった太平は自殺を図るが、それもA子によって阻まれてしまう。一命をとりとめた太平は残された時間を使い、昔ある男に対して犯した罪を償うため、彼の一人娘に会いに行くことを決める。

かつて太平は長女の美智香に唆され、後妻とある男の関係を疑い、男を破滅させるとともに後妻を次男ともども家から追い出した。余命わずかな後妻から届いたメールでそれが誤解だったことを知り、太平は深く後悔する。

今や我が子たちから死を望まれる身になった太平の心は諦めに支配され、館を出て孤独に死ぬことを決意する。

一見すると、死期を悟った太平が身の回りの環境に見切りをつけ、せめて過去の悔恨を清算しようと家を出るまでの過程のように思える。

だが内容には微妙に関係者の知る事実と異なった箇所があり、なぜ太平がそのように書き残したのかも分からず、余計に兄妹たちは困惑する。そしてこのブログにこそ、筆者による本作最大の仕掛けが施されているのだ。

遺産、相続人、過去。

金、愛、人生。

物語を構成する要素は至って明快なのに、ページを追うごとに謎は深まり、主人公を取り巻く状況は加速しながらめまぐるしく姿を変える。たとえるならば一級の手品、あるいは数学の名問だろうか。謎を解くための鍵は文字の渦に隠されることも、無理矢理な偽装に糊塗《こと》されることもなく、夢中でページをめくり続けた読者はいつの間にか鍵を握りしめていたことに気付くのである。

仕掛けの構造や伏線を振り返ると、よくもまあ小説の形に仕上げたものだと感嘆させられる。

本作のみならず、下村作品は細かな描写やドライブ感に終始することなく、必ずミステリ的な仕掛けによるどんでん返しを備えている。それも得意とする一つのパターンを繰り返すのではなく、本当に同じ書き手のものかと疑うほど多種多様な手管で。そもそも下村敦史はミステリ作家の中でも指折りの速筆であり、どんな舞台、どんな職業をフィーチャーした物語でも見事にドラマを書き上げる筆力の持ち主だ。どんでん返しのような〝遊び〟を用意せずとも評価は下がらないだろうに、どうして下村敦史はここまでミステリ的であることにこだわりを持っているのだろう。その答えの一端を、彼の自宅に招かれた時に垣間見たことがある。

実はこの解説を書いている前年、彼は京都に新居を構えた。輸入住宅の雑誌から取材を受けたこともある豪邸なのでここですべてを語るのはもったいなく、詳細は省かせてもらうが、あるホラーゲームに影響を受けた彼が数年がかりで隅々の設計、調度品の一つ一つに至るまでこだわりぬいた、豪邸という呼び名がこれほど似合うものもなかろうという非日常の館である。嵐の夜にホームパーティーでもしようものなら死体が転がるに違いない。その完成度と総工費は、私からすれば狂気的ですらあった。しかもおかしいのが、下村氏自身は金満豪華主義でもなく、至って平々凡々とした暮らしぶりの人物なことで、本人が館の中で一番浮いていたように思える。

館内を一回りした私は半ば恐怖を感じながら、どうしてここまでするのかと訊《たず》ねた。まさか本当に完全犯罪を目論んで建てたわけでもあるまい。すると彼は、

「遊びに来てくれた人に楽しんでほしいんです」

と、目の前で穏やかに笑った。

これが下村敦史なのである。彼の望みは人を楽しませることであって、そのためならばどんな苦労も厭《いと》わない。彼のこうした姿勢は、太平が車椅子の上で漏らす疑問の複雑さを映し出しているようにも思える。

「人生に必要なものは何だと思う?」

問われた人物は、「……愛と必要最低限のお金でしょうか」と答える。これはこの人物が過去に失ったもの、またそれさえあれば未来も変わっていたのではないかという焦がれの感情が透けているように読めた。

大金はあらゆる物品やサービスと変換可能で、うまく活用することで時間の余裕すら

も生み出すことが可能だ。しかし巨額の資産を手にしたはずの太平こそがこんな悩みに苛《さいな》まれ、他人に答えを求めた。その答えにしたって、「必要最低限」が具体的にどの程度の金額なのかは、人によって異なる。三度の食事に困らない程度なのか、両親の介護施設の利用料なのか、自分の海外留学の資金なのか。愛もまた然り。孤独による安寧を欲する人もいれば、数人の親友だけが必要な人もいる。伴侶を得て家庭を築くことが理想の人もいるだろう。人が自分らしい生き方をするために必要なものとは、立場や性格だけでなく、逆説的にその生き方をした〝結果〟に影響を受けるのではないか。

何がどれだけ自分の人生に必要で、それを得るに相応《ふさわ》しい努力がどれだけできたのか、答えが得られるのは結局のところ太平と同じく、人生の終わりが見えてきた時期なのかもしれない。

そして少なくとも下村敦史にとっては、人生を左右する大きなローンを組み、平凡な暮らしに不釣り合いな豪邸を建ててでも、誰かに楽しんでもらうことがなによりの価値なのだ。それは自分の存在や考えを訴えることよりも、読者を楽しませることに主眼を置いた彼の作品形式に通じている。徹底した奉仕精神の塊とでも呼ぼうか、誰にでも真似《まね》できることではない。彼がこうしたエンターテイナーである限り、私を含めた読者はこの先退屈する心配はないだろう。誘われるままに作品の扉を開くだけでいい。

様々な娯楽が溢《あふ》れかえる現代、とにかく楽しい読書体験を望む人々にとってこそ、手に取りやすく読みやすい下村敦史の文庫は絶好のアイテムである。

（いまむら・まさひろ　作家）

初出誌「小説すばる」二〇一八年四月号〜十二月号
本書は、二〇一九年八月、加筆・修正し集英社より刊行されました。
本文デザイン／ｗｅｌｌｅ ｄｅｓｉｇｎ

集英社文庫　目録（日本文学）

島田明宏　ダービーパラドックス
島田明宏　キリングファーム
島田明宏　ジョッキーズ・ハイ
島田明宏　絆　走れ奇跡の子馬
島田明宏　ノン・サラブレッド
島田裕巳　0《ゼロ》葬——あっさり死ぬ
島田雅彦　自由死刑
島田雅彦　カオスの娘
島田雅彦　英雄はそこにいる　呪術《シャーマン》探偵ナルコ
島田洋七　がばいばあちゃん　佐賀から広島へ　めざせ甲子園
島村洋子　恋愛のすべて。
島本理生　よだかの片想い
島本理生　イノセント
志水辰夫　あした蜉蝣《かげろう》の旅（上）（下）
志水辰夫　生きいそぎ
志水辰夫　みのたけの春

清水朔　神遊び
清水義範　偽史日本伝
清水義範　迷宮
清水義範　開国ニッポン
清水義範　日本語の乱れ
清水義範　新アラビアンナイト
清水義範　イマジン
清水義範　夫婦で行くイスラムの国々
清水義範　龍馬の船
清水義範　シミズ式　目からウロコの世界史物語
清水義範　信長の女
清水義範　夫婦で行くイタリア歴史の街々
清水義範　会津春秋
清水義範　夫婦で行くバルカンの国々
清水義範　ifの幕末
清水義範　夫婦で行く旅の食日記　世界あちこち味巡り

清水義範　夫婦で行く意外とおいしいイギリス
清水義範　夫婦で行く東南アジアの国々
下重暁子　鋼《はがね》の女《ひと》　最後の瞽女《ごぜ》・小林ハル
下重暁子　不良老年のすすめ
下重暁子　「ふたり暮らし」を楽しむ　不良老年のすすめ
下重暁子　老いの戒め
下川香苗　はつこい
下村敦史　絶声
下村一喜　美女の正体
朱川湊人　水銀虫
朱川湊人　鏡の偽乙女　薄紅雪華紋様《うすくれないせつかもんよう》
小路幸也　東京バンドワゴン
小路幸也　シー・ラブズ・ユー　東京バンドワゴン
小路幸也　スタンド・バイ・ミー　東京バンドワゴン
小路幸也　マイ・ブルー・ヘブン　東京バンドワゴン
小路幸也　オール・マイ・ラビング　東京バンドワゴン

集英社文庫　目録（日本文学）

小路幸也　オブ・ラ・ディ オブ・ラ・ダ　東京バンドワゴン
小路幸也　レディ・マドンナ　東京バンドワゴン
小路幸也　フロム・ミー・トゥ・ユー　東京バンドワゴン
小路幸也　オール・ユー・ニード・イズ・ラブ　東京バンドワゴン
小路幸也　ヒア・カムズ・ザ・サン　東京バンドワゴン
小路幸也　ザ・ロング・アンド・ワインディング・ロード　東京バンドワゴン
小路幸也　ラブ・ミー・テンダー　東京バンドワゴン
小路幸也　ヘイ・ジュード　東京バンドワゴン
小路幸也　アンド・アイ・ラブ・ハー　東京バンドワゴン
小路幸也　隠れの子　東京バンドワゴン零
白石一文　彼が通る不思議なコースを私も
白石一文　光のない海
白岩　玄　たてがみを捨てたライオンたち
白河三兎　私を知らないで
白河三兎　もしもし、還る。
白河三兎　十五歳の課外授業

白澤卓二　100歳までずっと若く生きる食べ方
城山三郎　臨3311に乗れ
辛　永清　安閑園の食卓　私の台南物語
辛酸なめ子　消費セラピー
新庄　耕　狭小邸宅
新庄　耕　ニューカルマ
真堂　樹　帝都妖怪ロマンチカ　～猫又にマタタビ～
真堂　樹　帝都妖怪ロマンチカ　～狐火の火遊び～
新堂冬樹　ASK　トップタレントの「値段」(上)(下)
眞並恭介　牛と土　福島、3.11その後。
神埜明美　相棒はドM刑事《デカ》　～女刑事・海月の受難～
神埜明美　相棒はドM刑事《デカ》2　～事件はいつもアブノーマル～
神埜明美　相棒はドM刑事《デカ》3　～横浜誘拐紀行～
真保裕一　ボーダーライン
真保裕一　誘拐の果実(上)(下)
真保裕一　エーゲ海の頂に立つ

真保裕一　猫背の虎　大江戸動乱始末
真保裕一　ダブル・フォールト
真保裕一　脇坂副署長の長い一日
周防　柳　八月の青い蝶
周防　柳　逢坂の六人
周防　柳　虹
周防　柳　高天原──厩戸皇子の神話
周防正行　シコふんじゃった。
杉本苑子　春日局
杉森久英　天皇の料理番(上)(下)
杉山俊彦　競馬の終わり
鈴木　遥　ミドリさんとカラクリ屋敷
鈴木美潮　昭和特撮文化概論　ヒーローたちの戦いは報われたか
瀬尾まいこ　おしまいのデート
瀬尾まいこ　春、戻る
瀬尾まいこ　ファミリーデイズ

集英社文庫

絶《ぜっ》　声《しょう》

2021年10月25日　第１刷　　定価はカバーに表示してあります。

著　者　下村敦史《しもむらあつし》

発行者　徳永　真

発行所　株式会社　集英社

東京都千代田区一ツ橋2-5-10　〒101-8050

電話　【編集部】03-3230-6095

【読者係】03-3230-6080

【販売部】03-3230-6393（書店専用）

印　刷　凸版印刷株式会社

製　本　加藤製本株式会社

フォーマットデザイン　アリヤマデザインストア　　マークデザイン　居山浩二

ISBN978-4-08-744307-3 C0193